Preparada para él
MAUREEN CHILD

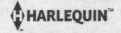

Editado por HARLEQUIN IBÉRICA, S.A.
Núñez de Balboa, 56
28001 Madrid

I.S.B.N.: 978-84-9010-888-8
Depósito legal: M-8219-2012
Editor responsable: Luis Pugni
Fotomecánica: M.T. Color & Diseño, S.L. Las Rozas (Madrid)
Impresión en Black print CPI (Barcelona)
Fecha impresion para Argentina: 5.11.12
Distribuidor exclusivo para España: LOGISTA
Distribuidor para México: CODIPLYRSA
Distribuidores para Argentina: interior, BERTRAN, S.A.C. Vélez
Sársfield, 1950. Cap. Fed./ Buenos Aires y Gran Buenos Aires,
VACCARO SÁNCHEZ y Cía, S.A.
Distribuidor para Chile: DISTRIBUIDORA ALFA, S.A.

Capítulo Uno

–Hay cosas que no se ven todos los días.

–¿A qué te refieres? –Lucas King salió al porche y le tendió una cerveza a su hermano menor. Se entretuvo un segundo contemplando la visión del océano Pacífico. El sol se estaba ocultando y teñía el agua azul oscura de reflejos rojizos y dorados. Luego se sentó en la silla más próxima y dio un trago.

Sean sonrió y señaló:

–A eso. Mira lo que acaba de aparcar en la puerta de tus vecinos.

Lucas dirigió la vista hacia Ocean Boulevard y abrió los ojos sorprendido. Había un monovolumen azul oscuro aparcado en la casa de al lado. No tenía nada de extraordinario… excepto por la enorme sartén con tapadera que cubría el techo del vehículo.

–¿Qué demon…?

–Mira el cartel del lateral –dijo Sean entre risas.

–Clases de cocina a domicilio –recitó Lucas, negando con la cabeza–. ¿No le bastaba con el vistoso cartel amarillo? ¿Tenía que ponerle una sartén en lo alto?

–No es muy aerodinámica que digamos –dijo Sean sin parar de reír.

–Queda ridículo –dijo Lucas, y se preguntó qué tipo de persona conduciría semejante vehículo–. ¿Y quién demonios montaría un negocio como ese?

–Pues… –el tono de voz de Sean cambió conforme la persona que conducía el monovolumen abría la puerta y salía a la calle–. Sea quien sea, puede enseñarme lo que le dé la gana.

Lucas puso los ojos en blanco y volvió la vista al mar. No era de extrañar. Sean siempre estaba deseoso y dispuesto para recibir a la siguiente mujer que entrara en su vida. Pensó que si pasara cinco minutos con la mujer de la sartén en el coche, no tardaría en planear una escapada de fin de semana con ella. Por su parte, Lucas prefería llevar una vida más ordenada.

Sin atender del todo al comentario de Sean, Lucas ignoró a la mujer y al vehículo y se centró en la franja de agua que se perdía en el horizonte. Es lo que más le gustaba del lugar donde vivía. Todas las noches, después del trabajo, salía al porche a tomar una cerveza, a contemplar el mar y a dejar transcurrir el tiempo. Aunque recordó, al escuchar de fondo el molesto parloteo de Sean, que normalmente estaba solo.

Allí no tenía que hacerse cargo de King Construction. Allí nadie le buscaba para celebrar una reunión o pedirle que arreglara algún problema con las licencias. Allí no había que calmar a los clientes ni prisas por hacerlo todo.

Le gustaba su trabajo. Él y sus hermanos Rafe y Sean habían convertido a King Construction en la mayor empresa de su ramo en la costa oeste. Pero le encantaba llegar a casa y olvidarse de todo por un momento.

–Siempre me gustaron rubias –estaba diciendo Sean–. Y altas.

–Rubias, pelirrojas y morenas. El problema es que te gustan todas.

–¿Sí? Pues el tuyo es que eres demasiado quisquilloso. ¿Cuándo fue la última vez que quedaste con una mujer que no fuera cliente tuya?

–Eso es algo que no te incumbe.

–Vaya, ¿tanto tiempo? No me extraña que estés tan insoportable. Lo que necesitas es un poco de atención femenina y, si tienes ojos en la cara, con echarle un vistazo a esta rubia estarás más que dispuesto a recibirla.

Lucas suspiró y se rindió a lo inevitable. Dado que Sean no iba a dejar de hablar de aquella mujer, bien podía comprobar si lo que decía era cierto.

–No puede ser –murmuró.

–¿Cómo? –Sean lo miró.

–No puedo creerlo –dijo Lucas, hablando más para sí mismo que dirigiéndose a su hermano. Se levantó con los ojos fijos en la rubia alta y voluptuosa que rodeaba el vehículo. Llevaba el pelo recogido en una coleta y el viento le agitaba los cabellos. Tenía la piel pálida y, como Lucas bien sabía, moteada de pecas en la nariz y las mejillas. Desde allí no podía verle los ojos, pero recordaba que eran azules como el mar. La boca era grande y se curvaba en una sonrisa, y su risa era terriblemente contagiosa.

Llevaba dos años sin verla y la visión le provocó una descarga eléctrica. Observó cómo deslizaba la puerta lateral y se inclinaba para recoger algo.

Enseguida dirigió la vista a la curva de su trasero, marcada por unos vaqueros negros y ajustados. El zumbido que resonaba dentro de su cuerpo aumentó hasta convertirse en un chisporroteo, una palpitación.

—¿La conoces?

—Es Rose Clancy.

—¿La hermana pequeña de Dave Clancy? ¿Esa de la que siempre decía que era prácticamente una santa? ¿Buena? ¿Dulce? ¿Pura como la nieve?

—La misma —murmuró Lucas, fijando la vista en ella mientras recordaba las veces que había escuchado al que fue su amigo Dave alardear de su hermanita.

La familia Clancy poseía una constructora rival. Bueno, rival porque se dedicaban a lo mismo. Lucas consideraba que nunca había existido competencia entre ambas empresas. King Construction era la mejor constructora del estado y Clancy la seguía de cerca en el segundo puesto.

Él y Dave se conocieron en una reunión en la cámara de comercio y enseguida congeniaron. Habían sido amigos y mantenido una competencia amistosa hasta hacía dos años, cuando Lucas descubrió que Dave Clancy era un mentiroso y un ladrón.

—¿No se divorció Rose el año pasado de ese imbécil con el que estaba casada?

—Sí. No estuvieron juntos mucho tiempo.

Pero Lucas pensó que sí el suficiente como para haber descubierto que su marido la engañaba y que deberían haberlo castrado por el bien de la humanidad. Tenía gracia que su hermano, tan protector, no se hubiese preocupado de librarla de un mal matrimonio.

Rose recogió algunas cosas más, cerró la puerta de la furgoneta, pulsó el cierre automático y se dirigió a la casa. No miró a su alrededor, así que no se percató de que Lucas y Sean la miraban desde el porche.

—¿Qué estás tramando? —preguntó Sean. Lucas se giró hacia él.

—No tramo nada —mintió mientras su mente se llenaba de posibilidades.

—Vale. Véndele eso a alguien que no te conozca —negando con la cabeza, Sean dejó la botella medio vacía en la baranda de piedra y se dirigió a las escaleras. Pero entonces se detuvo y se giró hacia su hermano—. Sabes que fue Dave y no su hermana quien nos engañó. Lucas King se toma la traición como un insulto personal.

Dave Clancy había sido un amigo. Alguien en quien Lucas confiaba. Y no confiaba en mucha gente. Le había afectado mucho que su amigo le traicionara.

—Dave nos engañó a todos —le recordó Lucas a su hermano—. Pagó a uno de nuestros empleados para que le facilitara información interna y luego ofreció un presupuesto más bajo en cuatro de nuestros proyectos. Eso es lo que yo llamo algo personal.

–Nunca encontramos ninguna prueba que lo demostrase.

–¿No? Yo la encontré cuando Lane Thomas nos dejó para trabajar en el equipo de Dave y las ofertas a menor precio desaparecieron de la noche a la mañana. ¿Coincidencia?

–Bien –Sean se pasó la mano por la cabeza y se encogió de hombros–. Sólo te diré que desahogar tu rabia con Rose no te servirá para ajustar cuentas con Dave. Eso no puede acabar bien.

–No acabará bien para los Clancy –murmuró Lucas, pensativo–, eso seguro.

Rose se despidió de la mujer en la puerta y no dejó de sonreír hasta que ésta la cerró. Fue para ella un alivio salir al fresco de la noche y alejarse del olor a cebollas quemadas.

Kathy Robertson se había empeñado en convertirse en una buena cocinera, lo que la convertía en una clienta excelente, pero no iba resultarle fácil. Con todo y con eso, aquello significaba que la señora Robertson iba a ser un proyecto a largo plazo y solvencia para el floreciente negocio de Rose. Sonriendo, Rose volvió a apilar el material en la furgoneta, cerró la puerta y sufrió un sobresalto al escuchar detrás de ella una voz masculina.

–¡Cuánto tiempo!

Se giró y, llevándose una mano al pecho, alzó la vista hacia un hombre a quien no había visto en dos años. Al menos desde que su hermano cortó con él toda comunicación. En cuanto el corazón le bajó de la garganta, empezó a latir con fuerza.

–¿Lucas?

Él estaba apoyado en la furgoneta. ¿Cómo había aparecido allí sin que ella se percatase? Llevaba un jersey rojo encima de una camiseta blanca, unos vaqueros negros y unas botas de piel gastada. Tenía el pelo alborotado por el viento y mostraba una barba incipiente. La miraba fijamente con sus ojos azules.

–Me has dado un susto de muerte –admitió cuando logró recuperar la voz.

–Lo siento –dijo él, aunque no parecía arrepentido en absoluto–. No pretendía asustarte, pero quería hablar contigo antes de que te marcharas.

–¿De dónde has salido?

–Vivo justo al lado.

–No lo sabía –dijo ella, lo que era buena señal, porque no habría aceptado a los Robertson como clientes de haber sabido que Lucas King era su vecino.

Hacía unos años, había pasado mucho tiempo soñando con aquel hombre. Y eso había sido todo, claro está, porque su hermano Dave se había asegurado de mantener a Lucas a cierta distancia de ella. Aun así, no le había resultado fácil olvidarse de él. Su recuerdo solía regresar a ella en momentos inesperados.

Pero él había dejado las cosas claras hacía tres años. No mostró interés suficiente como para enfrentarse a las injerencias de su hermano y no había razón para pensar que esa situación había cambiado. Además, había padecido mucho en los últimos años. Ya no era la chica romántica y fácil de encandilar que había sido antaño.

«Claro», se burló su mente de forma ladina, «por eso se te acelera el corazón y te sudan las manos, porque eres fría y contenida».

Enfadada consigo misma por aquel torbellino interior, no escuchó lo que Lucas le decía y se vio obligada a preguntar:

—¿Cómo?

Él se apartó del coche, se metió las manos en los bolsillos traseros y repitió:

—Decía que me alegro de que estés enseñando a cocinar a Kathy. Cené en su casa y no fue muy agradable.

—Es… un reto —admitió Rose, con ironía—. Pero está dispuesta a mejorar y eso es bueno para todos.

Lucas asintió y miró la sartén que había sobre el vehículo.

—Un anuncio interesante.

Sabía lo que él estaba pensando, pero a ella le gustaba. La había hecho un artista amigo suyo.

—A mí me parece retadora.

—Es una forma de definirlo —dijo él.

Ella se enderezó instantáneamente. Había tenido que defender su negocio ante su hermano mayor y no estaba dispuesta a hacer lo mismo con un antiguo amigo suyo. Lo que le recordó que Dave y Lucas ya no se hablaban.

—¿Querías alguna cosa, Lucas? —le dijo, apartándose el pelo de la cara.

–Pues sí. Das clases de cocina a domicilio, ¿no?

–Sí…

–Entonces, quiero contratarte.

Ella no esperaba aquello y no estaba segura de cómo reaccionar. Lucas King era uno de los hombres más ricos de América. Podía contratar a una docena de cocineros, así que, ¿para qué cocinar para sí mismo?

–¿Por qué?

–Creo que es algo evidente. Quiero aprender a cocinar.

–Sí, eso lo entiendo. Lo que no entiendo es por qué quieres contratarme a mí.

–Porque no quiero tener que recibir clases fuera de casa. Es más cómodo que vengas a mi domicilio.

Ella intentaba pensar con rapidez para encontrar dónde estaba la trampa, pero no lo consiguió. Puede que estuviese siendo sincero.

Pero aun así, Rose se dijo que tenía que haber algo más. Que ella supiera, Lucas y su hermano llevaban dos años sin hablarse. Aunque había intentado conocer qué es lo que había estropeado su amistad, su hermano no le había contado nada.

Sólo le había dicho que Lucas King estaba fuera de sus vidas y que mejor sería que dejara las cosas como estaban.

Si Lucas pensaba lo mismo, y ella no tenía razones para pensar lo contrario, ¿por qué intentaba contratarla?

–¿Cuánto cobras? –preguntó Lucas, interrumpiendo sus pensamientos.

11

Ella le dijo la cantidad y él asintió.

–Te pagaré el doble.

–¿Cómo? ¿Y por qué?

–Por una dedicación completa –le dijo–. Quiero que vengas todas las noches. A enseñarme.

Sorprendida, Rose intentó calmar los nervios. Todas las noches. Sonaba más sexual de lo que debería.

–Tengo otros alumnos –le dijo, aunque la verdad es que su nuevo negocio apenas estaba arrancando.

Aparte de Kathy Robertson, hasta ese momento sólo contaba con otras tres alumnas y las clases eran una vez al mes.

–El triple –dijo él mirándola fijamente con una expresión indescifrable.

Con ese dinero su negocio podría echar a rodar. Y sin esfuerzo. Después de todo, era una Clancy, y si tenía problemas sólo tenía que decirle a Dave que necesitaba dinero. Pero no quería recurrir a su hermano y ya había invertido todo sus ahorros. Así que se trataba de salir a flote o hundirse. La oferta de Lucas podía facilitarle las cosas.

–Resulta difícil negarse a tu propuesta –admitió.

–Me alegra que digas eso –respondió Lucas.

Rose inspiró con fuerza y, sacudiendo la cabeza lentamente, se oyó decir:

–No sé, Lucas. Si Dave se enterase de esto…

–¿Todavía permites que tu hermano dirija tu vida?

–Las cosas cambian.

–¿De veras? –insistió Lucas–. Pues entonces acepta mi oferta.

–De acuerdo –dijo ella, extendiendo la mano derecha–. Acepto el trato.

–Genial. Empezamos mañana. ¿Te viene bien a la seis?

–Sí, a las seis está bien.

Lucas se giró y se encaminó a su casa mientras Rose le veía marchar. Echándose sobre el coche, ordenó a su corazón que latiese más despacio y a su estómago que dejara de dar vueltas, pero ninguna de esas órdenes le hicieron efecto alguno.

–Estoy metida en un buen lío.

Capítulo Dos

–Los hombres de verdad no comen champiñones –afirmó Lucas a la noche siguiente mientras los
cortaba en finas rodajas–. Ni siquiera son verduras.
¿No son hongos?

Rose se echó a reír y Lucas se quedó callado un
segundo, escuchando el sonido de su risa. Tal y
como recordaba, era terriblemente contagiosa. Hacía desear a un hombre propinarle un largo beso
que acabase en...

–Técnicamente lo son –respondió ella cuando
recuperó el aliento.

–Genial. ¿Y por qué me los tengo que comer?

Lucas lo esperaba y no se vio decepcionado. Ella
volvió a reír y algo cambió y se expandió dentro de
él. Mientras veía a Rose moverse por la cocina, pensó que podría verla siempre allí. Escucharía el eco
de su risa, contemplaría la forma en que andaba por
la habitación con la gracilidad de una bailarina.

Ella inspeccionó los cazos y sartenes y suspiró al
abrir la despensa vacía.

–Utilizamos champiñones porque es lo que más
abunda. Se venden en todos los supermercados y
dan sabor a los platos.

–Más hongos. Genial –negó con la cabeza y se recordó que no estaba allí para divertirse ni para divertirla a ella. Lo había preparado todo para devolverle a un amigo una traición que nunca había perdonado. Rose no era una cita.

Era un instrumento.

Se concentró en cortar los champiñones mientras Rose reunía los productos que había traído y los colocaba sobre la mesa de trabajo.

–He traído lo necesario para la clase de hoy –porque ha sido todo tan repentino que imaginé que no tendrías los ingredientes necesarios. Pero es un crimen que tengas vacía esta cocina tan impresionante. Te voy a dejar una lista de la compra.

–De acuerdo. Le diré a mi secretaria que traiga todo lo que creas que vaya a necesitar.

–Tu secretaria. ¿Y cómo sabrás qué tienes que comprar en el futuro? ¿Hará ella siempre ese trabajo en tu lugar? ¿Qué tal si vamos juntos mañana? Lo consideraremos parte de la clase. Te enseñaré a seleccionar los alimentos.

Lucas asintió y ella ensanchó la sonrisa. Juntos de compras. No era exactamente una cita, pero tampoco se trataba de eso. Aquello era una seducción planificada. Lo que él pretendía era conseguir que ella bajara la guardia y, cuando estuviese lo suficientemente relajada, acostarse con ella. Una vez hecho esto, Lucas le contaría a su hermano lo buena que había sido y obtendría el tipo de venganza que destrozaría a Dave Clancy para el resto de su vida.

En unos minutos estuvieron trabajando juntos amigablemente. Pero cuando ella encendió la radio y sonó una suave música de jazz, Lucas empezó a preocuparse.

Se estaba divirtiendo.

Y eso no formaba parte del plan.

–¿Y bien? –preguntó Rose una hora después–. ¿Qué te parece?

Estaba sentada frente a él en la mesa cubierta de cristal que había en un extremo de la cocina. Junto a ellos, una ventana en saliente dominaba el jardín trasero. Las luces exteriores estaban encendidas y derramaban sus reflejos dorados sobre la hierba y los arriates de flores.

Normalmente, Rose no se quedaba tras las clases a disfrutar de la comida que preparaba con sus alumnos, pero Lucas había insistido y ella pensó, suspirando, que en el fondo no le apetecía marcharse. Quizá no era buena idea que empezaran a encariñarse el uno con el otro, pero Rose siempre había sentido debilidad por Lucas King. Era algo que no podía explicar. Simplemente… era así.

–Tierra llamando a Rose –dijo él, chasqueando los dedos frente a su rostro.

–Perdona, ¿decías?

Lucas le sonrió de soslayo.

–Te fuiste. ¿Ha sido por la brillante conversación o porque la pechuga de pollo está un poco quemada?

–El pollo está demasiado hecho, pero no está mal para ser tu primer intento.

–¿Ha sido entonces la conversación lo que te ha aburrido?

–No –dijo ella–, más bien su ausencia. No has hablado mucho en la última hora, Lucas.

–La cocina exige concentración –respondió él, encogiéndose de hombros.

–¿Eso es todo?

–¿Qué podría ser si no?

–No lo sé –reflexionó ella, bebiendo un sorbo del chardonnay que él había abierto–. Quizá te has arrepentido de haberme contratado. Teniendo en cuenta cómo andan las cosas entre tú y Dave, no acabo de estar segura de por qué me has ofrecido este trabajo.

Las facciones de Lucas se tensaron ante la mención del hermano de Rose y, una vez más, ésta deseó saber lo que había ocurrido entre ambos.

–Dave no tiene nada que ver con esto –dijo Lucas en voz baja–. Tú enseñas a cocinar y yo necesito aprender, eso es todo.

–Si tú lo dices... –ella no le creía. Había algo más y acabaría por averiguarlo. Pero por el momento, estaba dispuesta a dejarlo pasar.

–¿Y qué te han parecido los champiñones gratinados?

–Que con la suficiente cantidad de queso y de nata, todo es comestible, hasta los hongos y el perejil.

–Un cumplido maravilloso –dijo ella, riendo–. Pero tienes que admitir que para ser la primera vez que cocinas, ha salido muy bien.

–¿Mejor que a Kathy Robertson?

–¿Por qué serán los hombres tan competitivos?

Pues sí –admitió a regañadientes–. No me gusta hablar de mis alumnos, pero tu comida ha salido muchísimo mejor. Kathy quemó tanto las cebollas que tuve que tirar una de mis cacerolas favoritas.

–Espero que recuerde el nombre del último servicio de cátering que utilizó.

–Qué malo eres. Acabará por cogerle el tranquillo.

Lucas se quedó mirándola un rato y Rose empezó a agitarse en su asiento.

–¿Qué?

–Nada –dijo él, negando con la cabeza–. Pero es que eres una mujer muy positiva, de las que siempre ve el vaso medio lleno.

Rose se incomodó un poco. Durante casi toda su vida, había sido la eterna optimista. Siempre buscaba el bien a su alrededor y normalmente lo encontraba. Hasta que, por supuesto, su exmarido no sólo le arrancó las gafas de cristales color rosa, sino que además las pisoteó y las redujo a polvo.

Después de aquello, le había costado mucho volver a sentirse bien. Tuvo que obligarse a sonreír hasta que finalmente consiguió hacerlo de forma sincera. Y no pensaba volver al lado oscuro. No iba a pedir perdón porque le gustasen los arcoíris, los cachorritos y las risas de los niños.

–Que una persona vea el vaso medio vacío no la convierte en más madura o inteligente. Sólo significa que busca lo que no tiene. ¿Cómo puede ser bueno eso?

–No quería…

–No importa –dijo ella mientras doblaba la servilleta y se levantaba–. Me gustan los vasos medio llenos. Y si el tuyo está medio vacío, lo siento.

Él se sintió molesto porque ella le había tocado la fibra sensible. Rose lamentó que la tarde se deteriorase de aquel modo. Pero quizá era mejor así. Tenían que mantener la distancia propia de un profesor y su alumno, porque él no la había contratado para que fuese su amiga. Se trataba de un trabajo, un trabajo muy bien pagado, y no quería arriesgarse a perderlo abriendo puertas que debían permanecer cerradas.

–Mi vaso está bien como está, gracias –dijo él, apenas en un susurro.

–Me alegro –Rose lo miró y, aun sabiendo que debía mantener la boca cerrada para proteger su trabajo, no pudo evitar decirle–: Quizá esté lleno, pero si lo que tiene dentro no es lo que debe tener…

–¿Cómo?

–No importa. Es una tontería. Deja que te ayude a recoger y luego prepararemos un menú y la lista de la compra para mañana.

Lo dejó sentado a la mesa y, aunque no se giró, supo que él no dejaba de mirarla mientras cargaba el lavavajillas.

–Pues sí, vais a tener que pagarme las cuotas de la dietista.

–¿Cómo? –Lucas levantó la vista de la pila de papeles que llevaba contemplando desde hacía una hora sin leer una sola línea y miró a su secretaria–. Evelyn, ¿de qué estás hablando?

–De esto –le mostró una enorme galleta glaseada–. Desde que Rafe se casó con Katie, todos los días hay de esto en la sala de descanso.

–¿Y eso es malo? –preguntó él, sonriendo.

Evelyn tenía cincuenta y muchos años y era gordita, baja y canosa. Inteligente y eficaz, sabía tanto como Lucas de los trabajadores y los clientes. Llevaba cinco años trabajando para él y hacía tiempo que había abandonado la formalidad.

–He engordado dos kilos– murmuró, y luego mordió la galleta y casi gimió de gusto.

–Pues no te las comas –dijo él, encogiéndose de hombros.

–Magnífico consejo –refunfuñó ella mientras le dedicaba una mirada sombría–, ¿cómo es que no se me había ocurrido antes?

–Evelyn, ¿has venido para algo?

Ella se rindió con un susurro, dio otro mordisquito a la pasta y dijo:

–Hay problemas en el solar de Johnson. Empezaron a cavar para meter el gas y se toparon con una tubería de agua.

–Perfecto –la rabia le revolvió las tripas. Los trabajadores conocían perfectamente su trabajo. Sabían que antes de una excavación siempre tenían que pasar los chicos del ayuntamiento para decirles por dónde iban las canalizaciones de gas, agua y cables–. ¿Quién está a cargo de la obra?

–Warren –dijo ella, poniendo los ojos en blanco.

—Maldita sea.

—Exactamente –dijo Evelyn–. Lo tienes por la línea dos, quiere hablar contigo.

—Bien, porque yo también tengo que decirle un par de cosas –despidió con un gesto a su secretaria, que salió de la oficina mordiendo la pasta y gimiendo.

Lucas descolgó de golpe el teléfono, pulsó la línea dos y dijo bruscamente:

—¿Qué demonios está pasando Warren? ¿Excavas antes de tener el visto bueno?

—No he sido yo, jefe. Ha sido Rick, el nuevo. Supongo que se impacientó mientras yo iba a comprar más tuberías. Cuando volví, esto parecía el Diluvio Universal.

—Eres tú quien está al cargo, Warren –le reprochó Lucas, cansado de las excusas de aquel hombre. Siempre que pasaba algo en las obras, él nunca estaba allí. Siempre estaba haciendo otras cosas.

—Sí, pero…

—No quiero más peros. Estaré allí en media hora.

Cuando colgó, Lucas seguía enfadado, pero casi agradeció tener otra cosa en que pensar. De no ser por la ineptitud de Warren, no tendría en la cabeza otra cosa que no fuese Rose Clancy. No había hecho más que pensar en ella desde la noche anterior.

Se le había aparecido en sueños y él se había desvelado, y por la mañana, mientras tomaba el café, había percibido su olor en la cocina. Era como si se le estuviese grabando en la conciencia.

Enfadado consigo mismo por su falta de concentración, Lucas dejó de lado todo pensamiento que no tuviera que ver con el trabajo. Durante la mayor parte de su vida, el trabajo había sido su santuario. El lugar en el que todo era como debía ser. Donde las reglas estaban claras y siempre se cumplían. Allí, Lucas llevaba el pulso de la empresa. Allí nadie lo cuestionaba, simplemente se le obedecía. Allí, era…

–¿Qué tal te fue anoche?

–¿Qué? –alzó la vista y vio a Sean entrar en su despacho y dejarse caer en una de las tres sillas que tenía frente a la mesa. Se estaba comiendo una galleta glaseada.

–¿Sabías que ahora tenemos galletitas en la sala de descanso? –se llevó una mano al corazón e inclinó la cabeza–. Gracias, hermana Katie….

–Sí, eso he oído –rezongó Lucas–. Parece que se avecina una visita al dietista.

–En mi caso, no –dijo Sean, riéndose.

–¿Has venido por alguna razón? –Lucas suspiró.

–Sí. Por curiosidad. ¿Cómo te fue anoche? Ya sabes, con Rose.

–¿Y tú cómo te has enterado de eso?

–Tu secretaria se lo comentó a mi secretaria, quien me lo comentó a mí y… –se encogió de hombros y sonrió– Aquí estoy. ¿De verdad? ¿Clases de cocina?

Frunciendo el ceño, Lucas revolvió los papeles que había en la mesa. No quería hablar de eso con Sean. ¿No acababa de dejar de pensar en ella?

A pesar de sus esfuerzos, seguía entrando en su mente. Su sonrisa, el modo en que la luz se reflejaba en su pelo rubio. El sonido de su risa y su olor alimonado. Siempre estaba allí, lo quisiera él o no.

–¿No tienes nada que contarme? –Sean dio un largo silbido–. Debe haber sido más interesante de lo que imaginaba.

Lucas miró largamente a su hermano y le preguntó:

–¿Es no tienes nada que hacer?

–Pues sí. Iba a visitar a un proveedor de mantenimiento. Con lo que está creciendo la empresa, el que tenemos no da abasto.

–Muy bien, pues vete.

–Me voy en un segundo –Sean se inclinó hacia adelante, apoyado los codos en las rodillas–. Cuéntame.

–¿Que te cuente qué? –dejó los papeles en la mesa y suspiró al ver que el modo más rápido de deshacerse de su hermano era responder a sus preguntas–. Ya lo sabes. La contraté.

–Para que te diera lecciones de cocina.

–¿Qué es lo que resulta tan difícil de entender?

–¿En serio? –Sean negó con la cabeza y se levantó– ¿Tú, cocinando? A mí me hubiera impresionado más ella. Rubia, guapa y capaz de hacer milagros. ¿Enseñarte a cocinar? ¿Recibe algún extra por peligrosidad?

–Ya he cocinado para ti antes y sigues respirando.

–Pero sólo porque tengo un sistema digestivo a prueba de bombas. Puedo soportar todo tipo de toxinas.

–Lárgate, Sean.

–Me voy, Lucas –dijo él, amigablemente.

–Oye –Lucas lo retuvo con una sola palabra–. Hay problemas en el solar de Johnson.

–¿Warren otra vez? –Sean arrugó la frente.

–Sí, han excavado sin el visto bueno y han dado con una tubería de agua.

–Sé que las contrataciones dependen de ti, pero si quieres mi opinión, deberíamos deshacernos de Warren.

–Estoy de acuerdo –dijo Lucas, asintiendo–. Lo hablaremos en la reunión semanal.

–Bien –Sean se dirigió hacia la puerta, pero antes de marcharse le comentó–: En lo que a Rose se refiere, espero que se trate sólo de lecciones de cocina.

–¿Cómo?

–Espero que no estés planeando utilizarla para vengarte de Dave. Porque, querido mío, acabarás amargándote la vida.

Lucas no dijo nada, se limitó a mirar a su hermano hasta que éste se encogió de hombros y se marchó. Pero mucho después de que se fuera, sus palabras quedaron flotando en el aire.

¿Tenía razón? ¿Se estaría buscando problemas al utilizar a Rose para vengarse de Dave?

A decir verdad, a Lucas tampoco es que le gustase mucho la idea de utilizar a Rose, pero jamás lo admitiría delante de Sean. Pero era la hermana del hombre que le había engañado. Que le había mentido. Y Lucas no podía dejarlo correr.

Los mentirosos deben recibir su merecido. ¿No había crecido él viendo a su madre sufrir una y otra vez por el hombre en el que había confiado? En primer lugar estaba su padre, Ben King, aunque para ser justos con él no le había prometido a la madre de Lucas nada que no hubiese prometido a las madres de cualquiera de sus hijos.

Pero la madre de Lucas había depositado sus esperanzas en el amor. Lo había buscado una y otra vez y sólo había conseguido que los hombres la utilizaran para luego dejarla. Con el corazón destrozado, había acabado por rendirse. No, la traición no se podía perdonar. Ni olvidar. Y pensaba hacer lo que fuese necesario para que a Dave Clancy le quedara bien claro.

Capítulo Tres

–¿Cómo le va a Rafe?

–¿Cómo?

Lucas oyó a Rose suspirar mientras bajaba tras él por el amplio pasillo del supermercado.

–Tu hermano. Rafe. ¿No se casó hace unos meses?

–Ah sí. Se casó –Lucas frunció el ceño ante lo que le pareció una interminable selección de productos. Había pasado la mayor parte de su vida evitando los supermercados.

Se sentía como un extraño en tierra extraña. La luz fluorescente le provocaba dolor de cabeza. Estaba empezando a reconsiderar todo el plan. No había pensado todo lo que podría entrañar y realmente no le interesaba para nada aprender a cocinar. Pero entonces se recordó que todo iba a merecer la pena cuando se vengase de Dave. Nadie traicionaba a un King y salía indemne. Nadie.

–¿Y? –le urgió Rose–. ¿Cómo le va?

–¿A Rafe? –centró sus pensamientos en la conversación–. Está bien. Parece bastante feliz.

–Qué descripción más conmovedora de un matrimonio –reflexionó, agachándose a recoger un paquete de pan rallado.

–El pan rallado no está en la lista –dijo Lucas.

–Lo sé, pero es bueno tenerlo en casa. Entonces, ¿no te gusta la mujer de Rafe?

–¿De dónde has sacado esa conclusión? Claro que me gusta.

–No pareces muy entusiasmado con su matrimonio, por eso asumí que no te gustaba su mujer.

–¿Y si no me gusta la Navidad eso querría decir que no me ha gustado el regalo de alguien? ¿Qué les pasa a las mujeres? Cuando un hombre dice alguna cosa, la toman y salen corriendo en dirección contraria.

–¿No te gusta la Navidad? –preguntó ella.

–No he dicho tal cosa. ¿Has oído alguna vez la palabra «lógica»?

–No sé –respondió ella, echándose a reír–. Puede que la haya oído algo alguna vez. Parece latín.

–Claro –dijo él entre dientes. Intentó ignorar su sonrisa, porque la verdad es que no le gustaba el interés que Rose le despertaba. Tenía un plan y no quería distraerse de su objetivo. Sí, iba a seducirla. Pero eso no significaba cometer la estupidez de sentir afecto por ella.

–Me gusta mucho Katie. A decir verdad, creo que es demasiado buena para él.

–¿Será entonces que estás en contra del matrimonio en general?

–Más o menos –se detuvo de pronto y ella chocó con él.

–Perdona.

Ignoró el cosquilleo que sentía en su interior y se

dijo que debía recuperar el control de la situación. Para apartar la mente de lo que su cuerpo estaba pidiendo a gritos, se entretuvo en observar los estantes de las especias y enseguida se molestó.

–¿Cómo puede haber tantísimas?

–Ah –dijo ella, sonriendo comprensiva–, la vida fuera de los estrechos confines del ajo, la sal y la pimienta.

–Muy bien –dijo él. Cualquier cosa con tal de salir de allí lo antes posible–. ¿Qué necesitamos? Quiero decir, ¿qué es lo que necesito?

–Está todo en la lista –le apremió ella. Se quedó a su lado mientras él se familiarizaba con las especias.

Lucas entrecerró los ojos y silbó al ver lo elevado del precio de algunas. ¿Quién iba a pensar que eran tan caras? Los King deberían estudiar aquello. Podrían buscar proveedores, dedicarse a las especias y hacerse con el negocio.

Pensó que era ahí donde se sentía cómodo. Planeando, centrado en los negocios y haciendo crecer el imperio King. Miró de reojo a Rose. Sus grandes ojos azules estaban posados en él y esbozaba una pequeña sonrisa. Incluso bajo aquella luz tan horrible, su piel era como la porcelana y la larga cola que acostumbraba a llevar caía sobre uno de sus hombros en una tentadora masa de ondas y rizos.

Era lo suficientemente atractiva como para hacer que cualquier hombre con sangre en las venas le echara un largo segundo vistazo. Él lo había hecho cuando se conocieron por primera vez, pero Dave la había envuelto prácticamente en alambre de espino y le había colgado un cartel de prohibido el paso, de modo que Lucas había mantenido las distancias por respeto a su amigo.

Pero ese respeto había desaparecido hacía tiempo y muy pronto tendría a esa mujer tan cautivadora justo donde quería. En su cama. Debajo de él.

Se dijo que, por el momento, se limitaría a centrarse en la tarea que tenía entre manos, y volvió la mirada a aquellos malditos estantes de especias.

Rose parecía no poder apartar la vista de Lucas. La chaqueta negra de piel se le abría y mostraba la camiseta blanca que llevaba debajo. Llevaba unos vaqueros negros que se ajustaban a sus piernas largas y musculosas y se había puesto las mismas botas gastadas del día anterior. Se preguntó qué tendrían los hombres guapos con pantalones vaqueros y botas. ¿Era algo instintivo? ¿Despertaban algo primitivo en las mujeres? ¿O era que Lucas King estaba fantástico con todo lo que se pusiera? Reconoció con tristeza que lo segundo era lo más aproximado a la verdad.

—No encuentro la pimienta en grano —rezongó él—. ¿Por qué no puedo usar la molida? ¿Tengo que molerla yo?

—Muy gracioso —dijo ella, y se estiró para tocar con la uña la pimienta en grano. Justo frente a él. De algún modo, aquello le parecía reconfortante. Lucas era tan… imponente, que descubrir que era como cualquier otro hombre a la hora de encontrar algo que estaba junto delante de él lo hacía parecer… no normal, sino más palpable.

No es que estuviese pensando en tocarle. Bueno, sí. ¿Pero qué mujer no lo haría estando junto a Lucas King? Aun así, si había algo que Rose había aprendido en el último año, era que no quería nada con otro machote.

–¿Y entonces, por qué odias el matrimonio? –dijo ella, retomando la conversación anterior.

–No he dicho que lo odiase –le contestó él, sin molestarse en mirarla. Entonces se enderezó, giró la cabeza y la miró de frente–. ¿Por qué te gusta tanto? ¿No te divorciaste hace un año?

Su mirada era fría y distante. Escondía una acusación, y ella se enfurruñó por lo certero de la pregunta. Su caso no era precisamente un ejemplo estelar de matrimonio bien avenido.

–Bien, tienes razón. Me divorcié el año pasado. Pero ¿cómo te enteraste? Dave y tú no habéis hablado y… bueno, no importa. Los artículos de cotilleos. Sé que aparecí incluso en algunas revistas del corazón cuando me divorcié de Henry.

–Por favor. Yo no leo esa basura. Pero las noticias vuelan –la miró durante un segundo o dos antes de decirle–: Nunca comprendí por qué te casaste con ese tipo, si no te molesta que te lo diga.

–No, no me molesta –dijo ella con un suspiro. Henry Porter había sido un error desde el principio. Pero la mayor equivocación había sido permitir que su padre y su hermano la incitaran a casarse con aquel estúpido por el bien de la familia. El trabajo de Henry casaba bien con el de ellos, ya que era un arquitecto que había construido urbanizaciones de lujo con gran éxito. Por supuesto, al morir el padre de Rose, Henry se mostró como era en realidad y ella recuperó su vida, para disgusto de Dave.

–¿Y? –volvió a preguntar Lucas–. ¿Por qué lo hiciste? Y no te atrevas a decirme que estabas enamorada del pedante e imbécil de Porter.

–No –dijo ella con una sonrisa atribulada–. Ese fue un error que no cometí.

Como no daba más detalles, Lucas se encogió de hombros y agarró un pequeño bote de clavo. Lo echó en el carro y se dispuso a buscar el siguiente producto de la lista.

–¿No quieres hablar del tema?

–No especialmente –admitió ella.

Sabía perfectamente lo que él había oído sobre el final de su matrimonio. Rose se movió, incómoda, al recordar la humillación de su matrimonio y su horrible final. Había hecho caso a su familia porque siempre había sido así.

La complaciente. Ésa era Rose. Dejando todo a un lado para que los que la rodearan fuesen felices. Había supeditado sus propios deseos y necesidades a los de los demás. Pero esos días se terminaron. Aunque había aprendido la lección de la peor de las maneras, estaba decidida a ser feliz.

Él apartó la vista del estante de especias y le lanzó un vistazo rápido. A ella le pareció ver cierto arrepentimiento en sus ojos, pero desapareció rápidamente, así que lo atribuyó a un efecto de la luz.

–No pretendía…

–Claro que sí –le interrumpió Rose, y luego señaló–. Ahí está el romero. El bote grande. Querías dejar claro que era una chica que vivía en las nubes.

Él asintió y luego se giró a mirarla.

–Supongo que sí.

–Gracias por admitirlo –le dijo ella–. Y tienes razón. No sé nada de matrimonios felices. Mi matrimonio fue un desastre, pero me casé por razones equivocadas.

–¿Qué razones?

–Eso es algo que no te incumbe. El caso es que –continuó– el hecho de que mi matrimonio no haya funcionado no significa que algo no funcione en la institución en general.

–Institución –dijo él entre dientes–. La palabra lo dice todo.

–¿Es así como lo ve Rafe?

Lucas rió brevemente, comprobó la lista otra vez y la miró. El regocijo que había en sus ojos fue sincero esta vez y la curva de sus labios le provocó algo increíble a Rose en la boca del estómago.

–Está demasiado loco por Katie como para plantearse nada en este momento. Y mi hermano Sean está contentísimo porque ahora es pariente de la reina de las galletas y espera recibir comida gratis.

–¿Y tú? ¿Esperas algo?

–En lo que respecta a Katie, no.

El territorio en el que se habían internado podía tornarse en incómodo rápidamente. Resultaba curioso que estuviesen manteniendo una conversación tan profunda en mitad del pasillo de repostería, con aquella música ligera sobre sus cabezas y un niño llorando a gritos no muy lejos de allí. Los segundos transcurrían y ninguno de ellos apartaba los ojos del otro. Rose sentía el calor de su mirada recorriéndole la piel y pensó que en un minuto o dos podría derretirse hasta quedar convertida en un charco.

Por suerte, se ahorró esa humillación cuando Lucas le habló.

—Ya tengo todas las especias. ¿Qué más?

Especias. Picante. Sexy. Sexo…

—¿Cómo? Ah, sí —sacudió la cabeza para deshacerse de las imágenes que recorrían su mente. Imágenes de Lucas inclinándose, besándola, abrazándola, echándola sobre una cama y…—. Primero buscaremos aceite de oliva y luego iremos a la carnicería.

Rose avanzó por el pasillo, regañándose por aquellos impulsos hormonales y su comportamiento inapropiado con un cliente y aferrándose a todo aquello que pudiese ayudarle a apartar su mente de Lucas. Desnudo.

Dios.

Él la siguió con el carro y se detuvo a la vez que ella. Contempló el largo estante lleno de decenas de tipos de aceite, completamente perdido.

—¿Por qué necesitamos tantos tipos distintos de aceite? ¿Qué se supone que debo elegir?

—Siempre el virgen extra —dijo ella.

Lucas alzó las cejas y torció la boca.

—¿Existe el virgen extra?

Volvía a estar risueño. Perfecto. Ella a punto de estallar y él riendo por lo bajo. Vamos, que iba todo a las mil maravillas.

—Llévate éste —dijo ella estirándose para agarrar una botella del estante superior.

Él hizo lo mismo a la vez y sus manos se rozaron sobre en la botella. Ese instante fue suficiente para convertir el fuego que ardía en ella en un infierno. Rose estuvo tentada de llevarle al pasillo de los helados. Al menos allí el aire frío ayudaría a mitigar el calor que amenazaba con engullirla. Pero en lugar de eso lo llevó a la carnicería e intentó concentrarse en filetes de lomo de ternera y de pollo.

Media hora más tarde, estaban en la sección de verduras. Lucas no podía estar menos interesado mientras ella le explicaba cómo escoger el brócoli.

—Los cogollitos deben ser de color verde oscuro y los tallos estilizados.

—¿Estilizados?

—Sí, ni demasiado finos ni demasiado gruesos.

Él volvió a recorrerla con la mirada y Rose tuvo que respirar hondo. Estaba empezando a sospechar que él pretendía crisparle los nervios y disfrutaba con ello.

—Mira, no todo lo que digo son insinuaciones.

—¿Se trata entonces de una feliz casualidad? —preguntó él.

—¿Lucas? —una voz aguda y femenina que denotaba sorpresa impidió que Rose respondiese. Al girarse se encontró con una pelirroja voluptuosa con vaqueros ajustados y largos tacones que correteaba hacia ellos con una sonrisa radiante.

–Marsha –dijo Lucas con fría formalidad–. Me alegro de verte.

Rose pensó que las palabras eran correctas, pero el tono era de advertencia.

–No puedo creer que nos hayamos encontrado precisamente en un supermercado –canturreó la pelirroja, y se inclinó para propinarle un beso al aire junto a la mejilla.

Rose dio un paso atrás, retirándose para dejarles solos un momento. Aunque Lucas no pareciese muy contento con el encuentro, dudaba que Marsha echara en falta su presencia. Rose tenía la intención de esconderse detrás de las cebollas, pero Lucas la detuvo posándole la mano en el brazo. Ella intentó liberarse y él la agarró con más fuerza, pero la pelirroja no se percató. Tenía los ojos, grandes y verdes, fijos en Lucas como si fuese un bolso de Prada en un puesto de productos rebajados un setenta y cinco por ciento.

–Imagínate, encontrarnos precisamente aquí.

–Sí –dijo él–, eso ya lo has dicho. No es ninguna sorpresa. Marsha, yo como.

–Sí –asintió ella con una risilla seductora–, pero pareces olvidar que me he asomado a tu nevera.

Rose pensó que aquello era perfecto: nada como estar allí presenciando cómo una de las amantes de Lucas intentaba darle coba metafóricamente en el pasillo de las verduras. Y ella no podía estar más horrorosa. ¿Por qué llevaba el pelo recogido en una coleta? ¿Y por qué no llevaba los vaqueros nuevos en vez de los gastados?

Entonces se preguntó por qué le importaba.

No estaba en una cita. Ella y Lucas no eran pareja. Se trataba de un alumno. Un cliente. Ella era su profesora de cocina, nada más.

Lo que debía hacer que se sintiera mejor, pero no era el caso.

—Estás estupendo, Lucas —dijo Marsha en un ronroneo.

Detrás de Lucas, Rose puso los ojos en blanco y deseó que le tragara la tierra.

—Gracias, tú también —respondió Lucas con brusquedad. Luego añadió—: Tendrás que disculparnos, tenemos que acabar de hacer la compra y marcharnos a casa.

—¿Tenemos? —por primera vez, la vista de Marsha se desvió de Lucas y se dio cuenta de que Rose estaba allí. Durante un breve instante, sus ojos denotaron sorpresa.

—Marsha Hancock, ésta es Rose Clancy. Rose, Marsha.

—Hola. Encantada —dijo Rose cuando vio que no tenía más remedio que saludarla.

—Ajá —murmuró Marsha, y luego se volvió hacia Lucas con renovado interés—. Como te iba a diciendo, estás estupendo y si estás libre este viernes, voy a celebrar una pequeña fiesta en mi casa y...

—Estaremos ocupados —le dijo Lucas, y luego miró a Rose.

—¿Qué piensas, cariño, crees que hemos terminado ya?

¿«Cariño»? ¿Le había llamado «cariño»? Rose

abrió y cerró la boca varias veces mientras pensaba en algo ingenioso… cualquier cosa que decir. Entonces Lucas le echó el brazo por los hombros y la apretó contra él. Miró a la pelirroja y le dijo:

–Sí, supongo que hemos acabado. Me alegro de haberte visto, Marsha.

Empujó el carro con una mano mientras asía a Rose con la otra. Ella avanzó a su lado, intentando adivinar a qué venía todo aquello. Se arriesgó a volver la vista atrás y se encontró a Marsha haciéndose la misma pregunta.

Rose se quedó junto a Lucas mientras éste pagaba en la caja y luego lo siguió hasta el aparcamiento.

–¿A qué ha venido lo de ahí dentro con Marsha?

–Marsha es una pesada. La mejor forma de librarme de ella era hacerle creer que estábamos juntos.

–¿Y tenías que llamarme cariño para hacérselo entender?

–En ese momento me pareció buena idea –ladeó la cabeza y la miró con una sonrisa socarrona. Avanzó hacia ella y, a cada paso fue preguntando–: ¿No te gusta cariño? ¿Qué tal nena? ¿Querida? ¿Cielo? –ella empezó a temblar y se le secó la boca. Le miró a los ojos y no pudo adivinar lo que estaba pensando. No había luz suficiente en el aparcamiento. D

–Yo no soy para ti ninguna de esas cosas, Lucas –le indicó ella, caminando hacia atrás hasta toparse con su todoterreno–. ¿Y si se pone a contarle a la gente que nos ha visto juntos, que me llamabas cariño y que parecía que estábamos juntos?

–¿Tendría algo de malo? –preguntó él.

–No sería honesto.

–¿Y tú siempre lo eres?

–Lo intento.

–Bien –dijo él, inclinándose hacia ella y situando las manos en el coche, a ambos lados de su cuerpo–, contéstame entonces, e intenta ser honesta. ¿Qué harías en este momento si yo te besara?

A ella se le aflojaron las piernas.

Aquello era ridículo.

Era una mujer adulta. Una mujer divorciada. No era una tímida virgen que suspiraba entusiasmada porque el capitán del equipo de fútbol se había percatado de su existencia.

No había apartado la vista de sus ojos, y él seguía esperando una respuesta. El olor de su cuerpo la rodeaba. Su rostro estaba a un milímetro del suyo. El calor de su cuerpo traspasaba el de ella y tornaba el fuego que ardía en su interior en algo volcánico.

Rose podía elegir. Podía comportarse como una profesional y decirle que no quería que la besara, lo que sería una mentira de las grandes. O podía ser sincera y decirle que, si la besaba, seguramente estallaría con toda la energía sexual acumulada que sentía en ese instante.

¿Qué hacer entonces?

Él se mojó los labios y ese simple gesto fue el que la decidió. Hacía tres años, cuando se conocieron, ella había soñado que Lucas King la besara. Y estaba a punto de descubrir si en su fantasía era tan bueno como en la vida real.

–¿Y bien, Rose?

–¿Quieres que sea sincera? –preguntó.

–Sí.

–De acuerdo entonces –lo agarró por las solapas de la chaqueta y tiró de él.

Sus bocas se juntaron y una corriente eléctrica los recorrió a ambos. Rose le rodeó el cuello con los brazos y se aferró a él mientras éste le separaba los labios con la lengua y la deslizaba en el calor de su boca. Ella gimió y enredó su lengua a la de él con el mismo deseo y las mismas ansias que Lucas.

El corazón le empezó a latir con fuerza y sus rodillas, ya de por sí débiles, empezaron a temblar.

Él la acercó aún más, apretándola contra su cuerpo y ella sintió la tensión de cada uno de sus músculos. Un dolor palpitante se instaló entre sus piernas mientras él deslizaba las manos por su espalda, acariciándola.

Rose no podía respirar. Apenas podía mantenerse en pie.

Pero pensó casi sin darse cuenta que al menos había obtenido una respuesta. Un beso de Lucas King en la vida real era muchísimo mejor que en su fantasía.

Capítulo Cuatro

Lucas apeló a su sentido común.

Se sentía tan… bien teniéndola entre sus brazos… No esperaba tal cosa. No esperaba que su sabor lo inflamara ni que el aroma de limón que expedía nublara sus pensamientos. El tacto de su cuerpo contra el de él sólo conseguía excitarle más. La apretó con más fuerza para que supiera cómo se sentía, y al oírla gemir casi lo puso al límite.

Él pensaba que el tiempo había mitigado la atracción que sentía por ella. Pero no era así. Tan sólo un contacto y en lo único en que podía pensar era en que… quería más.

Un beso, se supone que no había sido nada más que un beso.

Un pequeño anticipo de lo que vendría después. Conseguir que pensara en él, que soñara con él. Pero había sido mucho más.

Rose Clancy.

El nombre se encendió en su mente como una luz de neón y bastó para que acabara el beso aunque fuese a regañadientes. Lucas se apartó, aunque el instinto le pedía a gritos que la abrazase con más fuerza. Inspiró hondo una y otra vez, deseando tranquilizarse. No era momento de dejarse llevar por el instinto. O las ganas. Había que pensar de forma fría y lógica, y no podía permitirse arriesgar su plan seduciendo a Rose en el aparcamiento de un maldito supermercado.

No lejos de allí, alguien arrancó un coche y Lucas se apartó de ella, poniendo deliberadamente cierta distancia entre ambos. Todavía conservaba su sabor en la boca. Podía sentirla.

Mientras se pasaba la mano por el pelo, Lucas pensó que quizá Sean tenía razón. Llevaba demasiado tiempo sin estar con una mujer. Por eso Rose le había atrapado completamente. Demonios, era prácticamente un hombre hambriento. No era de extrañar que un tierno filete le pareciese tan apetitoso.

No dejaba de mirarla. Ella se echó sobre el coche, se llevó una mano a la boca y alzó la otra como si quisiera advertirle de que no volviese a acercarse. Lucas pensó que aquello no era necesario, pero captó el mensaje.

Estaba tan conmocionada como él.

Y se dijo que era buena señal. Al menos sabía lo que estaba pensando de él. Estaría recordando el beso, como él, aunque no le gustase admitirlo.

–Rose…

–Esto no se volverá a repetir –le cortó ella, sorprendiéndole.

Rose enderezó la espalda, se arregló el pelo y tomó aire de nuevo. Un instante después, le miró a los ojos y le dedicó una sonrisa tan forzada que resultó más bien una mueca.

–No puedo decir que no me haya gustado, pero Lucas, tienes que saber que no quiero meterme en una relación.

Asombrado, él no pudo hacer otra cosa que mirarla. ¿Estaba pronunciando el discurso de «no esperes nada de mí»?

Las mujeres no rechazaban a Lucas King. Normalmente lo perseguían y hacían todo lo posible por retenerle.

–¿Cómo has dicho? –consiguió decir finalmente.

–Mira, lo siento. Debería habértelo dicho en cuanto accedí a trabajar para ti –tomó aire y siguió hablando antes de que él pudiese reaccionar–. Enseguida me di cuenta de que había una… atracción entre nosotros, pero no le di importancia. Es culpa mía, debí decírtelo antes. Pero la verdad es que no quiero un hombre en mi vida.

–No recuerdo haberte ofrecido nada –dijo él, controlando el tono de voz. La rabia y la incredulidad pugnaban en su estómago y sintió la punzada del rechazo por primera vez en su vida.

Ella ignoró la pulla.

–Y si estuviera considerando la idea de tener algo con alguien –continuó Rose–, no sería contigo.

Impresionado, se limitó a mirarla, demasiado asombrado como para hablar.

–¿Qué quieres decir con eso de que no sería conmigo? ¿Qué tengo yo de malo? –gritó finalmente.

–Eres estupendo, Lucas. Sólo que… no eres mi tipo.

–¿Tu tipo? –repitió él. Se dijo que eso no podía

estar ocurriendo. Era algo tan ajeno a su mundo que no sabía cómo manejarlo.

Se cruzó de brazos y la miró.

−¿De qué tipo soy yo, entonces?

−Mandón.

−Mandón no es un tipo −alegó, porque no podía alegar nada más. Era un mandón, sin duda, pero prefería pensar en esa característica suya como signo de seguridad en sí mismo.

Sí, ya le habían llamado arrogante con anterioridad. E implacable. Incluso, alguna vez, egoísta. Pero no le suponía tanto con tal de obtener lo que quería y cuando lo quería. Y no pensaba disculparse ante Rose Clancy ni ante cualquier otra persona por ser como era.

−¿Y exactamente cuándo te he estado mandoneando? −le desafió él, sin dejar de mirarla.

−No lo has hecho, no directamente. Al menos por el momento.

−Ah, ¿resulta que también eres pitonisa? ¿Puedes leer el futuro y por eso sabes que voy a empezar a darte órdenes?

−No tengo que leer el futuro −le dijo ella, estirándose y alzando la barbilla para defenderse−. No tengo más que mirar hacia el pasado.

−Esto tampoco tiene sentido.

−Para mí, sí.

−No puedo creer lo que estás diciendo −dijo entre dientes.

−Lo sé. Probablemente es algo que no escuchas a menudo.

–Más bien nunca.

–Lo siento, pero Lucas, necesito este trabajo y no quiero que trabajemos juntos de manera fraudulenta.

Una parte de él se relajó un poco. Al menos, no pensaba marcharse. Sólo intentaba avisarle.

–Ajá.

–A pesar de ese beso, creo realmente que deberíamos mantener una relación estrictamente de profesor y alumno, ¿de acuerdo?

Pensó que si Sean estuviese escuchando todo eso, se estaría partiendo de la risa. De hecho, si le hubiese ocurrido a alguno de sus hermanos, él estaría haciendo lo mismo. Pero le costaba verle la gracia desde su posición.

Por otra parte, Rose era la que había empezado el beso y habría seguido besándole si él no se hubiese detenido. Dijera lo que dijese, él había detectado su deseo, había sentido cómo sus ansias lo envolvían. Rose Clancy lo deseaba tanto como él a ella… lo que sólo podía funcionar a su favor si continuaba seduciéndola. Así que… muy bien. Le seguiría el juego. La dejaría pensar que estaba al mando y al final acabaría ganando la partida.

Siempre era así.

Ella lo miraba cautelosa, esperando una respuesta, y él estuvo tentado de aceptar sus reglas y largarse. Jamás una mujer lo había rechazado de esa manera, sobre todo después de un beso tan apasionado… todavía le ardían los labios. La miró y la deseó. Y quiso darse la vuelta y marcharse. La miró y recordó cómo su hermano le apuñaló por la espalda a él y al resto de los King y supo sin duda que no estaba dispuesto a abandonar su plan. Todavía no.

Accedería. Le dejaría pensar que había ganado aquella ronda, porque ganar una batalla no significaba ganar la guerra. Cuando todo acabase, sería Lucas el que se levantase e hiciese una reverencia. Y ese pensamiento y ningún otro era el que le hizo asentir.

–Bien –masculló–. Lo haremos a tu manera.

Ella espiró y le sonrió.

–Genial. Ya verás, Lucas. Todo funcionará mucho mejor ahora que conocemos las normas.

Una semana más tarde, Rose estaba trabajando con el ordenador. Era lo que menos le gustaba del autoempleo. Bueno, eso y los impuestos al final de cada trimestre. Todo lo que tuviese que ver con el papeleo le hacía desear tumbarse en el sofá hasta que se le pasara el dolor de cabeza.

Y reconoció con tristeza que andaba mucho peor de los nervios. Asió la taza que tenía delante y le dio un largo sorbo al café. Casi le dieron náuseas al descubrir que estaba helado. Con una mueca de asco, llevó la taza a la cocina, se encontró con que la cafetera estaba vacía y se dispuso a preparar más.

Mientras la cafetera siseaba y goteaba, se apoyó en la encimera y dejó su mente volar hacia donde, últimamente, pasaba la mayor parte del tiempo.

Directa hacia Lucas.

En tan sólo unos segundos, estaba reviviendo aquel beso, tal y como lo había estado haciendo en numerosas ocasiones durante la última semana. ¿En qué había estado pensando? Tenía que haberlo dejado pasar. Inventarse una excusa, reírse para relajar la tensión. Pero no, tuvo que agarrarle por las solapas y arrastrarle a un beso que todavía resonaba en su interior siete días después.

–Dios, eres una idiota –murmuró.

Todavía podía sentir el fuerte batir de su corazón y las oleadas de deseo que la habían invadido, hasta casi anegarla en la sensación de ansia más desesperada que había sentido jamás. Negando con la cabeza, Rose empezó a secar distraídamente los platos que había en el fregadero mientras su pensamiento la hostigaba con el recuerdo de ese beso en un bucle interminable.

Cuando se cansó de torturarse, se centró en la conversación posterior. Tuvo que obligarse a decir lo que dijo y sabía que él no se lo había tomado muy bien.

–¿Y por qué iba a hacerlo? –dijo en voz baja–. Ninguna mujer en su sano juicio habría rechazado a Lucas King. No me extraña que me mirase como si estuviera loca.

Y quizá lo estaba. Consideró la sugerencia de forma objetiva. Estaba soltera. Sin compromiso. Lucas le atraía claramente y el beso casi la vuelve del revés. Aun así, lo había rechazado.

–Sí. Loca.

Cuando sonó el teléfono dio tal salto que tuvo

que llevarse la mano al pecho para evitar que se le saliese el corazón.

Comprobó el identificador de llamada y contestó con una sonrisa.

—Hola Dee.

—Odio el identificador de llamadas —dijo su mejor amiga—. Bastantes pocas sorpresas nos llevamos en la vida.

—Ya está la loca —dijo Rose, sin dejar de sonreír— ¿qué pasa?

—¿Hablas en serio? —Delilah James se echó a reír—. Te llamo para que me pongas al día sobre tu apasionada historia, por supuesto.

—No hay novedad alguna y siento haberte contado lo del beso —dijo Rose, mirando la cafetera como pidiéndole que acabase ya. Necesitaba más cafeína para enfrentarse a su mejor amiga.

Delilah y Rose se conocieron compartiendo piso durante el primer año de universidad y ya eran casi hermanas al acabar el primer mes de clase. Ambas habían sido criadas por padres ricos y autoritarios, por lo que tenían mucho en común. La única diferencia entre ambas era que Dee había reunido la fuerza suficiente como para enfrentarse a las demandas de su familia y Rose no.

—Por supuesto que me tenías que contar ese beso que te ha dejado fritos todos los circuitos —dijo Dee—. Soy tu mejor amiga. ¿A quién se lo ibas a contar si no?

—A nadie —dijo ella mientras se servía una taza de café—. Sinceramente, no pretendía que ocurriese.

47

–Claro. Por eso seguías parloteando al día siguiente. Porque dijiste que nunca te había pasado algo así y que los besos de Lucas King eran como el anticipo del gran acontecimiento.

Rose cerró los ojos con un suspiro

–¿Tomaste notas acaso?

–¿Bromeas? Estoy tan celosa que tu descripción se me quedó grabada en la mente –suspiró de forma nostálgica, dramática–. Bueno, ¿y cuál es el segundo capítulo? ¿Caricias en la cocina? ¿Toqueteos mientras cortáis el perejil?

–Nada de eso –respondió Rose con firmeza, a pesar de que su cuerpo brincó con tan sólo pensarlo.

–¿Me estás diciendo que os estáis ajustando a las normas que impusiste? ¿Sólo negocios?

–Sí. Tengo que hacerlo. Necesito el dinero.

–Oh, por favor…

Rose se apartó el teléfono del oído, lo miro enfurruñada y luego se lo volvió a acercar.

–Es la razón por la que acepté el trabajo, ¿recuerdas?

–Eso es lo que te dijiste a ti misma –dijo Dee–. Venga, Rose. Ambas sabemos que Lucas King te provoca escalofríos en donde tiene que provocarlos.

Rose pensó, alzando la vista al cielo mientras bebía otro sorbo de café, que era cierto. Llevaba temblando toda la semana. Y no le ayudaba mucho tener que trabajar todas las noches en casa de Lucas. Sin embargo, desde el beso, se había mostrado tremendamente cortés y no había hecho la más mínima insinuación.

¿Por qué entonces le daba tantas vueltas al asunto?

–Pues sí, me los provoca –admitió ella al ver que el silencio de Dee empezaba a agobiarla–. Pero eso no quiere decir que vaya a hacer algo al respecto.

–¿Por qué lo estás rehuyendo? Él es soltero y tú eres soltera.

–Ya sabes por qué –salió al porche, con el teléfono en una mano y la taza en la otra, y se sentó lentamente en una de las mecedoras. Estaba contemplando en jardín, pero no lo miraba en realidad. Pensaba en su pasado y no le gustaba lo que veía.

–Se parece demasiado a Dave. Y a mi padre. Y a Henry –dijo Rose en voz baja.

–No todos los hombres ricos son iguales, querida –respondió Dee en el mismo tono de voz, haciéndole ver que la entendía.

–No, pero los Clancy y los King se parecen lo suficiente como para hacerme recelar.

–Vale, lo comprendo –le dijo su amiga–. Pero ya no eres la misma de antes, Rose. No hay hombre que pueda contigo. Eres fuerte. Ya no tienes miedo a defenderte.

Rose pensó con orgullo que Dee tenía razón. Había luchado mucho para llegar a confiar en sí misma. Para desarrollar su fortaleza. Desde que ella pudiese recordar, su padre y su hermano mayor la habían considerado una especie de santa de escayola. Siempre fue la hija y hermana bondadosa, dócil y guapa.

Por supuesto, en parte era culpa suya. Su madre

murió cuando tenía diez años y vivía con un miedo constante a perder al resto de la familia, a quedarse completamente sola. Llegó incluso a convencerse de que si no era perfecta la iban a dejar de lado.

Así que había sido más que perfecta. Nunca se quejó, ni cuestionó nada, ni discutió, ni se defendió. Nunca. Incluso después de acabar los estudios en la universidad mantuvo ese halo de perfección para su familia y cuando su padre le pidió que se casara con Henry Porter, accedió.

–Puede que Lucas King sea justo lo que necesitas –le decía Dee–. Llevas demasiado tiempo siendo célibe. El asqueroso de tu exmarido consiguió trastornarte y creo que un poco de atención por parte de la persona adecuada podría cambiar tu visión de las cosas.

–¿Qué es lo que circula por tu mente calenturienta? –preguntó Rose, aun sabiendo que no debería.

–Una seducción.

–¿Cómo?

–Sólo digo que… si Lucas no es candidato a una relación a largo plazo, ¿por qué no podría serlo a corto plazo?

–Porque trabajo para él –alegó Rose, agitándose en el asiento al sentirse acalorada de repente.

–Ya, pero una cosa no tiene nada que ver con la otra –insistió Dee–. Vive un poco, tesoro. Ten una aventura. Diviértete. ¿Acaso no mereces divertirte un poco?

–¿Lucas? ¿Divertido? –respondió Rose entre risas–. No es un parque de atracciones, Dee. Es… peligroso.

–Mejor me lo pones.

–No tienes remedio.

–Gracias.

–Ya le solté el discurso de «mantén las distancias», ¿recuerdas?

–Pues deshazlo. Con una palabra que le digas, te garantizo que olvidará todo acerca del discursito.

–¿Y entonces qué?

–Tesoro, si tienes que hacerme esa pregunta, es que estás tardando demasiado –le dijo Dee con un suspiro–. Vaya, tengo que salir corriendo. Ha llegado mi cita.

–Muy bien. Hablamos mañana.

–Vale. Y, Rose… vive un poco. ¿Lo pensarás al menos?

Una vez hubo colgado el teléfono. Rose reconoció, al menos para sí misma, que seguramente no iba a pensar en otra cosa.

Capítulo Cinco

–Entonces, estamos de acuerdo –dijo Lucas, mirando a Rafe y a Sean–. Despedimos a Warren.

–Demonios, sí –murmuró Sean.

–Sí –repitió Rafe–. Conmigo ya ha agotado la última oportunidad. El desastre en el solar de Johnson va a retrasar el trabajo dos semanas. Por no decir que tendremos que tragarnos el coste de la reparación de la tubería y el de volver a poner el solar en condiciones.

–Y el patio también quedó dañado –les recordó Lucas.

–Perfecto –Rafe suspiró–. Lo que deberíamos hacer además de despedirle era enviarlo a trabajar con la plantilla de Clancy. Le estaría bien empleado.

Sean miró a Lucas, que negó con la cabeza.

Sabía que su hermano menor estaba a punto de contarle a Rafe su plan con Rose y, francamente, Lucas no quería escucharlo.

Claro que aquello no detuvo a Sean.

–Hablando de los Clancy –dijo, desviando la vista de Lucas a Rafe–, ¿te has enterado de la última? Aquí el hermano mayor está recibiendo clases de cocina con Rose Clancy, la santísima hermana del taimado Dave.

–¿Clases de cocina? –preguntó Rafe, desconcertado–. ¿Para qué demonios haces eso? Contrata a un cocinero si no eres capaz de arreglártelas solo.

Lucas abrió la boca para hablar, pero Sean se le adelantó.

–Oh, no se trata sólo de cocinar –dijo Sean discretamente–. Está tramando algo. Piensa utilizar a Rose para vengarse de lo que nos hizo Dave.

Rafe lo miró asombrado:

–¿Que estás haciendo qué?

Lucas suspiró y bebió de su cerveza mientras Rafe se embarcaba en una larga perorata. Sabía que era inútil intentar interrumpirle. No sabía cómo Katie, siendo tan dulce como era, podía soportar estar casada con el sabelotodo. Siendo el hermano mayor, Lucas era también el más paciente de los tres. Se limitó a quedarse callado mientras Rafe seguía hablando, consciente de que acabaría por relajarse y entonces podrían comentar el asunto.

Rafe miró a Lucas desde el otro extremo de la habitación y volvió a preguntarle:

–¿Que estás haciendo qué con quién?

–Será más bien «a quién» –dijo Sean con una sonrisa.

Rafe lo miró en silencio y luego volvió a mirar a Lucas.

–¿Estás loco?

–Según el último chequeo, no –Lucas se levantó, se dirigió al mueble bar y se sirvió un poco de whisky. Luego se giró hacia su hermano–. Dave Clancy nos engañó. Introdujo a un espía en la empresa para arrebatarnos los contratos. ¿Por qué no iba a querer vengarme?

–Por dios bendito, eso fue hace dos años. Olvídalo –dijo Rafe.

–Ni hablar –respondió Lucas, indignado.

Rafe se mostraba generoso debido a la felicidad que atravesaba en su matrimonio. Dos años antes, las cosas habían sido distintas. Entonces, los tres se habían sentido furiosos y frustrados por no poder atacar legalmente a Dave debido a la falta de pruebas. Con el paso del tiempo, Rafe y Sean habían seguido con sus vidas dejando atrás lo sucedido.

Pero para Lucas la herida seguía estando abierta. Quizá porque era él quien había presentado a Dave a sus hermanos. Era él quien lo había metido en King Construction. No era de extrañar que se lo tomara de forma más personal que ellos.

–Intenté disuadirle –dijo Sean–. Pero es tan duro de mollera como papá.

–Nadie tiene la cabeza tan dura –respondió Rafe sin dejar de mirar a Lucas–. Si estás enfadado con Dave, ve a por él. No utilices a su hermana.

–Exacto –asintió Sean.

–Rose es el medio para vengarme de Dave. Recuerda cómo se pasaba el día presumiendo de su hermana pequeña.

–Te vuelvo a repetir –le indicó Rafe–, que eso fue hace dos años.

–La familia no cambia.

–Amén –murmuró Sean. Luego se encogió de hombros ante la mirada de Lucas–. Muy bien. Que tengas suerte seduciendo y perdiendo a la afortunada.

–Maldita sea, Sean…

–¿Por qué te enfadas con él –dijo Rafe–. Es exactamente lo que vas a hacer.

–¿Ah, sí? –Lucas miró a Rafe sin ceder un ápice–. Creo recordar a uno que pensaba llevarse a la cama a la reina de las galletas para luego explicarle que no todos los King eran unos memos. ¿Dónde estaban entonces tus principios morales, Rafe?

Una ráfaga de ira le recorrió el rostro a Rafe cuando le recordaron cómo había intentado engañar a Katie nada más conocerla.

–Sí, tienes razón, y casi la pierdo por ese estúpido plan. Deberías tenerlo en cuenta.

–La diferencia es que yo no quiero una relación con Rose –dijo Lucas. Al menos, no duradera. Pero tampoco tenía prisa por deshacerse de ella.

Se regañó a sí mismo por aquel pensamiento. Rose llevaba yendo a su casa una semana. Trabajaban juntos en la cocina. Hablaban, se reían y en ningún momento habían sacado a colación el increíble beso que habían compartido.

Pero estaba ahí. Acallado. Flotando en el ambiente entre ambos.

–Bueno, pues entonces no hay problema –murmuró Rafe.

–Sí, ¿pensabas en casarte con Katie cuando os conocisteis? Lo dudo. Pienso asegurarme de que Dave entienda lo que implica robarle a un King. Y no conseguirás hacerme cambiar de idea.

–¿Ves? –preguntó Sean–. Por eso nunca intento razonar con ninguno de vosotros dos.

–Mantente al margen, Sean –le advirtió Lucas.

–¿Y por qué demonios iba a hacerlo? –se levantó y miró a Lucas con dureza–. No eres el único al que Dave Clancy engañó. Los tres somos dueños de la empresa. Pero tú eres el único que está actuando como un estúpido.

Lucas se contuvo. Era inútil discutir con Rafe y con Sean. Nunca entendieron por qué para él era algo tan importante. ¿Cómo iban a hacerlo? No se habían criado juntos. Ninguno de los hijos de Ben King lo había hecho, sólo se veían los veranos que pasaban juntos con su padre todos los años. Y cuando esos idílicos veranos se acababan, Lucas volvía a casa con una mujer que sólo se juntaba con hombres que le rompían el corazón.

Lucas había crecido conociendo la traición. Había visto cómo traicionaban a su madre una y otra vez y había llegado a la conclusión de que lo único que importaba en la vida era la confianza. No tenía precio poder confiar en la gente que le rodeaba.

Y no importaba lo mucho que se enfadara con sus hermanos, o ellos con él. Sabía que estaban con él pasara lo que pasase. Para alguien como Lucas, eso era el regalo más grande que pudiese imaginar.

Rose no fue a casa de Lucas hasta pasadas dos noches. La vio aparcar fuera y contuvo una oleada de expectación que no quería sentir ni reconocer.

Pero le costaba mucho negar que la hubiera echado de menos. No se habían visto antes porque ella había estado impartiendo unas clases que tenía comprometidas. No le había dicho con quién. Y no eran con Kathy Robertson, la vecina, cosa que había atormentado a Lucas, porque se había estado preguntando si estaba sola con algún otro alumno. Cocinando. Riendo. Charlando.

Sabía que era ridículo. ¿Por qué demonios iba a importarle que estuviese en casa de otro hombre? Ella no le pertenecía. No eran pareja. Rose no era más que un arma que él estaba preparándose para empuñar.

Aun así, miró por la ventana y la vio inclinarse en aquella estúpida furgoneta con la sartén en lo alto. Desvió la mirada hacia la curva de su trasero y sintió una punzada en la entrepierna. El dolor de su deseo era más fuerte que nunca.

Lo que sólo iba a servirle de ayuda en sus planes de seducción, ¿no era así?

Cuando ella se incorporó y se encaminó hacia la casa, Lucas se dirigió a la puerta principal, la abrió y se quedó en el porche esperándola.

–Hola.

–Hola –dijo él, bajando las escaleras para ayudarle con la pesada sartén de hierro que traía–. ¿Por qué vienes con sartenes? Hay muchas en la casa.

–Sí, pero esta noche vamos a necesitar una de hierro, y de estas no tienes.

Se detuvieron bajo la luz del porche. Los coches pasaban por la autopista y una mujer solitaria paseaba un caniche tan pequeño que casi no podía calificarse como un perro.

Pero en lo que a Lucas se refiere, el resto del mundo podía desmoronarse si quería. Sólo tenía ojos para Rose. Tenía los ojos brillantes, los labios curvados en una sonrisa y su melena rubia le caía suelta sobre los hombros. Deseó recogerle los cabellos con la mano y tirar de ella para propinarle un beso lento y apasionado que dejara al primero a la altura de un simple beso en la mejilla.

El olor corporal de Rose lo embriagaba de tal manera que el cuerpo de Lucas se tensó. Un minuto más y tendría suerte si lograba caminar hasta la cocina.

Si no tenía cuidado, podía acabar atrapado en su propia trampa, así que para deshacerse del impulso por poseerla se obligó a preguntar:

–¿Qué es lo que se te ha ocurrido esta noche?

Ella lo miró un poco sorprendida por el tono áspero de su voz y Lucas se advirtió a sí mismo que debía suavizarlo. Un segundo más tarde, Rose entró en la casa y se encaminó hacia la cocina sin responder a la pregunta.

–Es una sorpresa –le dijo ella por encima del hombro.

Lucas hizo una mueca mientras caminaba detrás de ella. Ya había tenido suficientes sorpresas, incluyendo lo mucho que se veía arrastrado por su pequeño plan de venganza.

–¿Escuchaste el mensaje que dejé en tu teléfono? –preguntó Rose.

–Si te refieres al que decía que sacara la carne del congelador, sí –respondió él con la mirada fija en la melena que se deslizaba por la espalda de Rose y se agitaba con cada paso. Y en la curva de sus caderas, y en lo largo de sus piernas… Agitó la cabeza y reprimió un gemido.

Al dejar la sartén sobre la hornilla Rose se giró con una sonrisa.

–Te va a encantar la cena de esta noche. Y es tan fácil que podrás repetir la receta solo cuando quieras.

–Es bueno saberlo –se metió las manos en los bolsillos, apoyó la cadera en la encimera y se quedó mirándola.

Un poco extrañada, ella se quitó el cortavientos amarillo que llevaba sobre una camisa color crema y un unos vaqueros negros.

–¿Ocurre algo?

–No –dijo él, deseando sonar convincente–. ¿Por qué lo dices?

–No sé. Pareces… –se interrumpió y luego negó con la cabeza–. No importa.

Lucas se dijo que debía animarse. No quería incomodarla. No podía permitirse asustarla antes de contar con la oportunidad de vengarse de su hermano, así que sonrió y le dijo:

–Lo siento. He tenido un mal día en el trabajo.

–¿Qué ha pasado?

–¿Por qué quieres, saberlo? –preguntó él, y se preguntó si ella le estaría contando a su hermano todo lo que decía. Luego se reprendió a sí mismo y lo dejó pasar. Dave ya les había sacado a los King todo lo que había querido. Sin duda se había olvidado de ellos y se estaría dedicando a robarle a cualquier otro.

–Es sólo curiosidad –respondió ella–. Creía que igual necesitabas hablar, eso es todo. Pero si no quieres hacerlo no importa.

–Perdona otra vez –dijo él, pasándose la mano por la cabeza–. Estoy pagando mi mal humor contigo.

–No pasa nada, todo el mundo necesita descargarse de vez en cuando.

–Muy comprensivo por tu parte –dijo él en voz baja.

–Bueno, mi padre y Dave se quejaban todo el tiempo. Estoy acostumbrada.

Lucas no se sintió incómodo en aquella ocasión al ver que mencionaba a su hermano, aunque se moría de ganas de preguntarle, de averiguar qué era lo que Dave le había dicho de él hacía dos años. Pero no podía. Al menos por el momento. Así que le contó brevemente los problemas que atravesaba King Construction.

–Uno de los equipos tuvo que detener la obra. Cayó un muro de contención y hubo un herido.

–¿Se pondrá bien? –preguntó ella preocupada.

–Sí –Lucas se apartó de la encimera, se colocó al otro lado de la mesa de trabajo y la miró–. Pero se fracturó la pierna por dos sitios, así que estará de baja un tiempo. Por el momento, mañana entrará un equipo nuevo para reforzar el muro. Y hay una clienta que se está quejando por una verja. Por lo visto nos dijo que fuese de metro y medio cuando en realidad quería decir dos metros y nosotros deberíamos haberlo sabido.

–Según Dave, las mujeres son las peores clientas.

–No lo sé. Normalmente me gusta tratar directamente con las mujeres. La mayoría de las veces saben lo que quieren y toman decisiones con más rapidez que sus maridos. Los hombres tienden a analizar las situaciones desde todos los ángulos posibles. Las mujeres observan, reconocen las necesidades y solucionan.

Ella ladeó la cabeza y lo observó.

–Tenías razón antes.

–¿Sobre qué?

–Cuando dijiste que no tenías nada que ver con mi hermano.

Bajo la luz, los ojos de Rose emitieron un destello azul. Todavía tenía las mejillas sonrosadas por el frío de la calle y Lucas sintió excitación y deseo.

Pensó que cada minuto que pasaba con Rose Clancy tenía que andar luchando por mantener el control. No sabía lo que tenía aquella mujer que derribaba todas sus defensas y, a pesar de que sospechaba que podía haber estado implicada en lo que Dave le había hecho a los King hacía dos años, o quizá precisamente por eso, la deseaba.

Cuando Rose se dispuso a recogerse el pelo en una coleta, él la detuvo.

–Déjatelo suelto –le dijo amablemente–. Es muy bonito.

Ella lo miró sorprendida tanto por sus palabras como por el tono de voz... o por ambas cosas. Sus ojos brillaron de complacencia, luchando con la confusión que él podía leer en su rostro.

–Gracias, pero me molesta para cocinar.

–Muy bien –Lucas asintió y se dijo que debía contenerse.

Sí, estaba intentado seducirla, pero también intentaba apartarse de la red que ella le estaba tejiendo. Las mujeres como Rose eran peligrosas y de pronto se acordó de las advertencias de Sean. Cosas como... que eso no podía acabar bien.

Pero no pensaba echarse atrás. Dejó a un lado lo que sentía y decidió cambiar de tema.

–¿Y cuál es el menú?

Ella frunció el ceño, seguramente preguntándose por qué el tono de voz de Lucas había cambiado tan bruscamente. Pero enseguida pareció dejar de lado su recelo y dijo:

–Vamos a hacer quesadillas de carne, arroz mejicano y espárragos a la plancha.

–Bueno, me ha gustado todo menos lo de los espárragos.

Ella se echó a reír. El sonido surgía de su interior y parecía llenar la cocina. Lucas sonrió y se dio cuenta de que la había echado de menos en los dos últimos días. Odiaba tener que admitirlo pero, cuando ella no estaba, la casa que tanto adoraba le parecía... vacía como nunca lo había estado antes.

Normalmente, no traía mujeres a casa. Cuando estaba con alguna chica, se veían en casa de ella o alquilaban una habitación en un hotel de lujo para pasar la noche. No las llevaba a su casa porque una invitación de ese tipo podía dar lugar a equívocos. En cuanto una mujer empezaba a sentirse cómoda, empezaba a pensar que lo que tenía con Lucas era algo más que temporal.

Y nunca era así.

–¿Pensamientos serios?

Al verse descubierto, él la miró y negó con la cabeza.

–No –mintió–. Sólo observaba a la profesora y tomaba notas mentales.

–Ah –dijo ella con una sonrisa–. Pues adelante, discípulo, pongámonos a trabajar.

Capítulo Seis

–Estaba buenísimo –dijo Lucas levantando la copa de vino para beber un largo sorbo–. Lo dijo en serio.

–Gracias –Rose sonrió para sus adentros ante el cumplido.

La cena había salido muy bien.

–Esperaba que te gustasen. Tendrás que comprarte una sartén de hierro y curarla antes de usarla.

–¿Curarla?

–Ya te enseñaré cómo. El hierro marca la diferencia cuando preparas las quesadillas, las deja crujientes y calienta bien el relleno de la carne y el queso. Cuando las hagas tú solo, recuerda que puedes añadir trozos de chile verde para darles un toque picante.

–Me gusta el picante –dijo él con suavidad.

Rose sintió un escalofrío al sentir su mirada y el timbre de su voz. Un poco más de picante y hubiera salido ardiendo.

Él soltó el vaso, apoyó los brazos sobre la mesa y dijo:

–Eres una cocinera increíble. ¿Por qué te dedicas a esto cuando podrías llevar tu propio restaurante?

–Oh… –ella se reclinó sobre el asiento, lo miró y

lanzó un pequeño suspiro–. Admito que la idea de tener un restaurante y hacer mis propias creaciones me parece maravillosa. De hecho, quería ir a la escuela de cocina.

–¿Y por qué no lo hiciste?

–Por muchas razones –admitió, aunque no entró en detalles. ¿De qué iba a servir contarle que Dave y su padre habían desbaratado sus planes? Y luego se había casado con Henry de forma equivocada y se había visto atrapada en un matrimonio que era de todo menos feliz. No, no quería hablar de eso, así que se limitó a decir–: Por dinero, sobre todo. Es caro y ahora mismo no me lo puedo permitir.

–No lo entiendo –dijo él en voz baja.

Ella leyó la confusión en el rostro de Lucas y supo lo que estaría pensando. ¿Por qué iba a ser el dinero un problema para una Clancy? Había crecido siendo rica y todavía podía serlo si estaba dispuesta a dejar de ser su propia jefa y deslizarse de nuevo bajo el ala protectora y sofocante de su hermano mayor.

–No importa –dijo ella.

–Sí importa. Eres una Clancy, Rose.

–La verdad es que podría ir a la escuela de cocina si volviese al hogar familiar y dejase que Dave que organizara la vida.

–¿Cómo?

–Vaya –ella soltó aire–, no puedo creer que lo haya dicho en voz alta.

–Pues lo has hecho –dijo Lucas– y no puedes dejarlo ahí. Explícamelo.

–Ahora que he empezado –accedió ella–, debería explicarlo. Oye, sé que tú y Dave ya no os habláis.

El rostro de Lucas se tornó serio en un segundo.

–Y por tu cara puedo deducir que no quieres hablar del tema. Pero deja que te diga una cosa: yo quiero a mi hermano. Siempre ha sido bueno conmigo. Es sólo un poco…

–¿Autoritario? –le ayudó Lucas.

–Sobreprotector –corrigió ella–. Y desde la muerte de papá, ha ido a peor.

–Sentí mucho lo de tu padre –murmuró Lucas.

Ella le miró a los ojos, vio que sus sentimientos eran sinceros y aquello le gustó. Pasara lo que hubiese pasado entre Lucas y su hermano, al menos él no lo estaba pagando con ella. Mirándole desde el otro lado de la mesa, sintió una tranquilidad que no experimentaba con mucha gente.

Los hombres a los que conocía solían ir buscando algo. Querían utilizarla para llegar hasta su hermano. Y ser rico no proporcionaba siempre la felicidad que la mayoría imaginaba. Sobre todo porque uno no sabía nunca si alguien iba detrás de ti por ti mimo o por tu cuenta bancaria. Aunque admitió con una atribulada sonrisa que para ella esto no suponía un problema en aquel momento, dado que había renunciado a los fondos de la familia para hacer su vida.

–En cualquier caso –dijo ella inspirando con fuerza para recuperar el hilo de la conversación–, después de mi divorcio le conté a Dave lo que quería hacer y él intentó disuadirme. Pensó que era una inversión demasiado arriesgada. Así que me hice con el dinero que me dejó mi abuela, abrí mi propio negocio y ahora ando hundiéndome y volviendo a flote por mí misma.

–Bien por ti –dijo él volviendo a echarse en el respaldo de la silla–. Admiro a la gente que sabe lo que quiere y lucha por conseguirlo.

–Gracias. Ojalá Dave pensara lo mismo –admitió ella, sintiendo que desaparecía la tensión que se le había acumulado en el estómago.

–Sí, bueno, Dave es un caso especial, ¿no? –murmuró Lucas.

–Ya te he contado mis más oscuros secretos… ¿Por qué no me cuentas lo que pasó entre mi hermano y tú para que dejaseis de ser amigos?

–Pídele a Dave que te lo cuente –le dijo Lucas.

–Sí, pero también se negará a hablar de ti. Aunque los secretos acaban por salir a la luz.

–No si uno es cuidadoso.

–¿Y tú lo eres? –preguntó ella.

–Siempre –dijo él, inclinándose hacia ella–. Soy un King. Puede que cometamos errores, pero nunca los mismos por segunda vez.

Ella alzó la vista e intentó descifrar lo que vio en sus ojos, pero encontró una barrera que no pudo traspasar.

Pensó que había entre ambos un sentimiento de calidez e intimidad. Quizá se debía a la luz tenue, o a la oscuridad que se extendía tras las ventanas. Pero parecían ser los dos únicos habitantes del planeta. Y vio que ese sentimiento era peligroso.

Lucas King era la tentación personificada. Ni la actitud brusca que solía tener bastaba para hacer desaparecer las fantasías que le suscitaba cada vez con más frecuencia. Entonces Rose pensó en todo lo que Dee le había dicho sobre «vivir un poco». ¿Por qué no disfrutar de una fugaz aventura con Lucas?

Se le encogió el estómago ante la idea de seducir a Lucas King. ¿Sería capaz de hacerlo? ¡Ja! Pues claro que sí. Se había fijado en cómo la miraba. Había sentido el calor que emanaba de su cuerpo y llegaba hasta ella cada vez que se rozaban. «Oh, esto es cada vez más peligroso», pensó, y dijo de repente:

–¿Sabes? Debería empezar a recoger.

Saltó de la silla y, de espaldas a Lucas, hizo una mueca a su propia cobardía. Había pasado años pensando en aquel hombre y cuando tenía la oportunidad de hacer algo al respecto, ¿a qué se dedicaba? A lavar los platos.

Abrió el grifo y agradeció el torrente de agua que cayó sobre el fregadero. Al menos un sonido llenaba el silencio. Luego oyó a Lucas acercarse por detrás y se preparó. «Sé fuerte», se dijo.

–No lo hagas –dijo él.

Sorprendida, Rose se preguntó si es que había hablado en voz alta, pero Lucas cerró el grifo y le dijo:

–No intentes esconderte de lo que está pasando.

–Lucas…

–No quieres lavar los platos, Rose –murmuró en la tensión del silencio. Luego le posó las manos sobre los hombros e hizo que se girara.

Con un nudo en el estómago y la boca seca, ella alzó la vista hasta encontrar los ojos de Lucas. El deseo asomaba a sus ojos azules y no se esforzaba por ocultarlo.

–He querido hacer esto desde la noche en que nos besamos –susurró y se inclinó lentamente, haciendo descender su boca hacia la de ella.

Rose sintió que el corazón se le disparaba conforme Lucas se acercaba. Se aferraba al filo de la encimera que tenía a sus espaldas y respiraba agitadamente. Empezó a sentir cada vez más calor, como si una fiebre repentina se apoderase de ella.

Cuando la boca de Lucas estuvo a un centímetro de distancia de la suya, la mente de Rose empezó a funcionar a toda velocidad.

¿Debía arriesgar un trabajo con un sueldo espléndido a cambio del disfrute momentáneo de la noche que siempre había soñado pasar con Lucas King? ¿Era capaz de negarse a la oportunidad que se le presentaba? ¿Quería pasar el resto de su vida arrepentida y preguntándose por qué no se había acostado con él?

No. No quería.

–¿Rose?

Él se había detenido, con los labios a un milímetro de los de ella. Esperando. Esperando a que se decidiese. A que pusiera fin a aquello o lo recibiese con los brazos abiertos.

Alzó la mano y le acarició a Rose la mejilla. Al instante, un calor incontrolable le recorrió el cuerpo. El deseo y las ansias se apoderaron de ella.

–Basta de esconderse –susurró ella inclinándose hacia él, ofreciéndole la boca. Cuando se unieron sus labios, ella suspiró.

Estaba preparada para la electricidad.

Estaba más que preparada para Lucas King.

Él le sujetó el rostro con las manos y la besó con tal dedicación que Rose se perdió en las sensaciones que la recorrieron. Si todavía no hubiese estado convencida del todo, ese beso hubiera bastado para hacerle cambiar de idea, porque la sacudió por completo, más incluso que el que se habían dado hacía una semana, cosa que hasta entonces ella creía imposible.

Un deseo vehemente la embargó. Era lo que había estado buscando la mayor parte de su vida. Esa... magia que le provocaba oleadas de placer. Sintió un calor y un dolor palpitante en el sexo, que latía al ritmo acelerado de su corazón.

La piel de Rose bullía de anticipación mientras enredaba su lengua con la de él. Lucas emitió un gruñido cuyo sonido despertó en Rose algo primigenio. Reaccionaba de forma tan intensa como ella y ese conocimiento, ese sentimiento, le otorgaba una sensación de poder femenino que nunca había experimentado con anterioridad.

Siempre había sido la chica buena. La que los hombres trataban como a una amiga o una monja. Ni siquiera su exmarido la había deseado en realidad. Pero esa noche, Lucas lo estaba cambiando todo. Hasta que él llegó nadie la había hecho sentirse tan sensual. Tan deseada. Todo lo que había soñado con Lucas hacía años había quedado en nada frente a la realidad. Le deslizó las manos por el cuello y por los hombros y acarició frenéticamente su espalda como si no pudiese tocarla lo suficiente. Ella temblaba de placer, pero quería más. Quería sentir las manos de Lucas sobre su piel. Quería sentir el roce de aquellas manos sobre su cuerpo desnudo.

Lucas se apartó de su boca y bajó la cabeza para besarla en la línea del cuello. Rose inclinó la cabeza hacia un lado para facilitarle el acceso. Un segundo más tarde, él gimió, le levantó el borde de la camiseta y tiró de ella hacia arriba hasta sacársela por la cabeza. Ella alzó los brazos para ayudarle. Necesitaba sentir el roce de su cuerpo.

No le importaba que todo estuviese pasando demasiado rápido. No quería detenerse y actuar de forma racional. Por una vez en su vida, Rose quería rendirse a aquello que ansiaba.

–Te necesito, Rose –susurró él, posando las manos sobre sus pechos cubiertos de encaje.

Con el pulgar y el índice de cada mano, jugueteó con sus pezones, cada vez más sensibles. Aunque el sujetador de Rose quedaba de por medio, las sensaciones fueron casi insoportables.

Rose pensó que él no podía haber dicho nada más perfecto. Abrió los ojos, lo miró fijamente y respondió:

–Sí, Lucas. Yo también te necesito. Ahora.

–Bien. Eso está bien –la besó con más fuerza y más rapidez. Luego esbozó una sonrisa, la miró intensamente y le dijo–: Que sepas, Rose. Que una vez que empecemos, ninguno de los dos querrá parar.

–Nadie va a hacer tal cosa –le prometió ella, acariciándole el pecho.

Él tomó aire de golpe, apretó los dientes y dijo:

–Gracias a Dios.

Le desabrochó el sujetador en un movimiento suave y luego se lo fue bajando por los brazos. Luego la contempló largamente y Rose sintió como si la estuviese tocando con la mirada.

–Tú también –dijo ella, tirándole de la camiseta. Él asintió, se la quitó y la arrojó al suelo.

Rose suspiró y disfrutó brevemente de las vistas, ya que Lucas tiró de ella acercándola a su cuerpo.

Piel con piel.

La fricción era casi insoportable. Él bajó la cabeza hasta el hombro de Rose y le apartó suavemente la cabeza hacia un lado para besarle y lamerle de nuevo el cuello. Rose no podía respirar al sentir las manos de Lucas sobre ella, la boca de Lucas moviéndose por su cuerpo. Pero, por extraño que pareciera, no le importaba. Nada importaba más que el siguiente beso. La caricia siguiente. El tiempo se desvaneció. El mundo desapareció.

Lo único que existía era ese momento.

Ese hombre.

Felizmente, a Rose se le quedó la mente en blanco ante el asalto de tantas sensaciones simultáneas que no podía controlar.

–Me gustas mucho –murmuró él, extendiendo las manos sobre su espalda y bajándolas luego a la curva del trasero. La pegó a su cuerpo, su sexo erecto le presionó el abdomen y ella supo que compartían la misma necesidad desesperada.

–En la cocina no –dijo él en voz baja.

A Rose no le importaba dónde estuvieran. Ya podían estar en medio de la calle y los vecinos sentados en sus porches mirando, que le habría dado igual. Sólo quería sentir sus manos sobre ella. El cuerpo de Lucas moviéndose en su interior.

–No importa.

–Sí que importa. Arriba –ordenó, agarrándola de la mano y tirando de ella conforme la llevaba por el pasillo y las escaleras.

Medio vestida y loca de deseo, Rose caminó a su lado, pero enseguida quedó atrás. Las piernas de Lucas eran más largas y sus pasos también. Ella tropezó, y no le sorprendió porque le temblaban tanto las rodillas que podían fallarle en cualquier momento.

–Más despacio –dijo finalmente.

–Imposible –gimió él mientras se giraba para mirarle a los ojos–. Siento como si llevara años esperando este momento. No puedo ir más despacio –le dijo–. No puedo pensarlo dos veces. No puedo echarme atrás.

Su mirada era una llama azul. Sus ojos ardían y brillaban con un ardor que ella no había visto jamás y que su cuerpo se moría por recibir.

Ella negó con la cabeza y se limitó a decir:

–Caminas muy deprisa, no puedo seguirte el paso.

–¿Por qué no me lo has dicho antes?

La tomó en brazos y Rose se sintió totalmente encandilada.

Lucas subió los peldaños de dos en dos y llegó al descansillo en pocos pasos. Apretada contra su pecho, Rose lo miró fugazmente mientras avanzaban por el pasillo hacia la puerta cerrada que había al otro extremo.

–Ya casi estamos –dijo él en voz baja. Rose asintió y le acarició el pecho.

Mientras le paseaba los dedos por la piel y le alisaba el pelo del pecho, Rose pensó que Lucas no era hombre para llevar traje. Tenía la piel tan bronceada como si hubiese pasado años al sol y sólo podía imaginar que los músculos firmes y cincelados de su pecho eran producto de su trabajo en la construcción.

Entonces le pasó el pulgar por el pezón y él inspiró en un siseo y pateó la puerta, que golpeó la pared al abrirse.

–Como vuelvas a hacerme eso esto acabará antes de lo que ninguno de los dos quisiéramos –le advirtió mientras sus brazos la apretaban como bandas de acero. La promesa hizo que el sexo de Rose irradiase aún más calor, y se revolvió en los brazos de Lucas al notar de pronto que le molestaban los vaqueros. Quería. Necesitaba. Tomó aire y miró a su alrededor. La habitación era enorme y estaba a oscuras, pero la luna atravesaba los ventanales y caía sobre una cama gigantesca. Ella ya no vio nada más.

Desvió la mirada hacia los ojos de Lucas y se quedó mirándole mientras él se detenía a un lado de la cama, retiraba el cobertor negro y descubría unas sábanas blancas y frescas. Cuando la dejó caer sobre el colchón, Rose rebotó un par de veces, sin apartar la vista de Lucas. Le ardía todo el cuerpo. Tragó saliva con dificultad al ver cómo la miraba. Se sentía como un banquete servido ante un hombre hambriento y no podía esperar a que diese el primer bocado.

El deseo latía en su interior y todas sus terminaciones nerviosas parecían arder en llamas.

—Llevo pensando en este momento, en ti aquí en mi cama, casi dos semanas —admitió Lucas. Se inclinó mientras ella se desabrochaba los vaqueros y se bajaba la cremallera. Le quitó los pantalones y las braguitas, deteniéndose únicamente para quitarle los zapatos y arrojarlos a un lado.

—Yo también —admitió ella, aunque siendo completamente sincera con él, tenía que haber dicho que llevaba tres años pensando en ese momento. Desde que su hermano los presentó y le colgó metafóricamente hablando un cartel de prohibido el paso alrededor del cuello.

—La espera ha terminado —dijo él, y se quitó la ropa en un segundo.

—A Dios gracias —susurró ella. Rápidamente, lo recorrió con la mirada y todo el deseo y el calor que había en su interior entró en frenesí. Lucas tenía un cuerpo increíble. No podía esperar a sentirlo moviéndose en su interior.

Alzó los brazos en un gesto de bienvenida y él se inclinó, se reunió con ella en la cama y le acarició todo el cuerpo, explorando cada curva, aprendiendo cada línea. La respiración cálida y jadeante de Lucas caía sobre el cuello de Rose, sobre sus pechos, mientras él se llevaba a la boca uno de sus pezones y luego el otro, prodigándoles toda su atención. Les rozó la punta con los dientes y los lamió hasta hacerle sollozar por la avalancha de sensaciones. Luego empezó a succionarlos y ella sintió como si todo su ser se le escapara para introducirse en la boca de Lucas. Se aferró a él, manteniéndole la cabeza en el lugar adecuado mientras arqueaba el cuerpo y se movía sobre las sábanas, buscando a ciegas la forma de liberarse. Él se cebó en la reacción de Rose, acrecentando las caricias, los besos. Y como si pudiese sentir todo lo que ella estaba experimentando, parecía conocer la forma en que debía tocarle. Cómo acariciarla hasta hacerle balbucear en vano. Ella se retorcía bajo el cuerpo de Lucas, movía las caderas, arqueaba la espalda, se movía hacia él con deseo, con ganas. La mente de Rose estaba cerrada a todo menos a las increíbles sensaciones que él le provocaba. Parecía tener las manos en todas partes a la vez. En sus pechos, sus pezones, su abdomen, su…

–Lucas…

Con una mano se hizo de su sexo y ella volvió a jadear su nombre, esta vez más alto. Finalmente, su cuerpo pareció gritar. Por fin. Lo que necesitaba.

Con el pulgar, Lucas frotó el pequeño botón sensible de su entrepierna e introdujo primero un dedo y luego dos en su la caliente cavidad de su cuerpo.

–Lucas, por favor –susurró ella con voz entrecortada, moviendo las caderas hacia su mano, girando la cabeza hacia ambos lados de la cama mientras luchaba por respirar, por llegar hasta el final. Cada roce de los dedos de Lucas generaba espirales de tensión a Rose en el interior. Entonces él inclinó la cabeza para reclamar de nuevo uno de sus pezones y la acarició con más fuerza mientras lo succionaba. La combinación de ambas sensaciones la volvieron loca de deseo. Gimió su nombre y clavó los puños en las sábanas, intentando mantenerse en un mundo que se tambaleaba. Con los pies sobre el colchón, agitó sin cesar las caderas, ansiando una liberación que parecía fuera de su alcance, atormentándola. La buscó, prácticamente lloró por obtenerla mientras cada respiración se volvía más superficial, más desesperada.

Lucas levantó la cabeza, la miró y ella descubrió en sus ojos el mismo deseo frenético que ella estaba experimentando.

–Deprisa y con fuerza, así es como quiero poseerte, Rose.

–Sí. Penétrame. Ahora. Por favor –susurró ella, retorciéndose bajo su cuerpo, abriendo aún más los muslos en una invitación que era incapaz de pronunciar con palabras.

Él se acercó a la mesilla, abrió de golpe el cajón y sacó un preservativo. Rasgó el envoltorio, extrajo el látex y se lo puso en un movimiento rápido.

–Un hombre cuidadoso –susurró ella, repitiendo las palabras que él le dijo una vez.

–Me vuelves loco, Rose –dijo él en voz baja y grave, colocándose sobre ella.

Ella sonrió, encantada con la observación.

–Oh, dios… –ella arqueó el cuerpo y le posó las manos sobre los hombros para aferrarse a él como si necesitase de su fuerza para mantenerse en este planeta.

–Rose… –Lucas gimió y se quedó inmóvil por un instante–. No puedo esperar. Tengo que poseerte –dijo en un suspiro. Casi en el mismo segundo, empezó a moverse a un ritmo rápido y firme que hizo que el corazón de Rose se disparase. Salía y entraba una y otra vez. Sus cuerpos se agitaban juntos a la luz de la luna, buscando una liberación.

Aferrados el uno al otro.

Y conforme la última espiral de tensión explotaba dentro de Rose, ésta gritó su nombre y le miró a los ojos como si el resto del mundo hubiese desaparecido. Una oleada de placer la inundó, dejándola temblorosa y vulnerable.

Seguía abrazándole, sosteniendo aquella mirada apasionada, cuando el cuerpo de Lucas entró en erupción dentro de ella y, sosteniéndolo contra su pecho, Rose se dejó llevar por aquella liberación tan plenamente como se había dejado llevar por la suya propia.

Capítulo Siete

Lucas se sentía como si acabara de correr una maratón. Todavía dentro de ella y estremecido por el clímax, sufrió una nueva erección. Moviéndose en el interior de Rose, la oyó gemir y notó cómo le colocaba las piernas alrededor de la cintura.

–Mmm… –sus gemidos de placer le hacían temblar y al mismo tiempo alimentaban un ansia creciente en su interior.

Él gimió de nuevo y supo que todavía no habían acabado. Una parte de él se preguntaba si acabarían alguna vez. Ella le posó las manos en el pecho y le acarició la piel. Sus caricias eran como de seda. La miró a los ojos y descubrió la mirada apasionada de una mujer totalmente entregada. Debía haberse sentido satisfecho al ver que su plan estaba funcionando a la perfección, pero en lugar de eso todo lo que sintió fue más deseo. Más ganas.

En los ojos azules de Rose brillaba la misma pasión que hervía dentro de él. Lo deseaba de nuevo tanto como él a ella y el fuego que ardía entre ambos se desató como en un infierno. Rose le arañaba la piel con las uñas y cada roce era como una llama. Le pasó el dedo pulgar por el pezón y él sintió que una pasión renovada le atravesaba como un rayo.

Con el corazón acelerado, Lucas volvió a besarla. Sus lenguas se enredaron y compartieron respiraciones agitadas. Ambos lucharon por saciar su deseo y se lo ofrecieron mutuamente. Ambos estaban hambrientos y Lucas hizo lo único que podía hacer. Volvió a moverse en el interior de Rose y obtuvo como recompensa sus gemidos de placer.

Aquello dejó de ser una seducción.

Era una necesidad. Una desesperación ardiente y arrolladora que debía ser saciada.

Alzándose un poco, Lucas retiró las piernas de Rose de su cintura y se las colocó alrededor de los hombros. Ella se pasó la lengua por los labios y meció el cuerpo para conseguir una penetración aún más profunda.

Lucas inspiró y luchó por conseguir una calma que parecía haberle abandonado por completo. En lo referente a aquella mujer, perdía totalmente el control. ¿Cómo no se había dado cuenta antes?

Nunca perdía el control. Siempre se mantenía frío, sereno e incluso distante con las mujeres con quienes se acostaba. Había siempre barreras entre él y el resto del mundo.

Pero esa noche era diferente.

Ella era diferente.

Lucas pensó que haría cualquier cosa con tal de tener a Rose. Por primera vez en su vida, las exigencias de su cuerpo mandaban sobre su mente y no le importaba en absoluto. No quería pensar, sólo podía sentirse agradecido al ver que su cerebro frío y racional se apagaba por completo.

–Lucas…

La súplica susurrada de Rose azuzó a Lucas. Introduciendo la mano entre ambos, acarició con el pulgar el lugar que él sabía que la haría enloquecer. Y ella no le decepcionó. Al instante, se movió, girando las caderas para hacerle llegar más adentro.

Cambiando de postura, Lucas salió de ella, lo que les hizo gemir a ambos. Luego bajó las piernas de Rose de sus hombros, la tumbó boca abajo y le levantó las caderas

Moviéndose para acomodarse a lo que él estaba haciendo, Rose se puso a gatas y, casi de inmediato, Lucas volvió a penetrarla tan profundamente como le fue posible. Con las manos le apretaba y acariciaba las nalgas, mientras ella se movía jadeante.

Luego Lucas bajó la mano para agarrarle un pecho y le tiró del pezón sin dejar de moverse. Más deprisa, con más fuerza, más adentro, los arrastró más allá de la razón hasta un mundo en que lo único que desearon ambos era otra demoledora liberación.

La luz de la luna acariciaba la piel de Rose y tornaba su pelo del color de la plata. Las sábanas frescas sobre las que descansaban y la brisa que entraba en la habitación era una sensación añadida a lo que estaba ocurriendo entre ambos. Y cuando él sintió que alcanzaba el clímax, se dejó ir. En esta ocasión, cuando llegaron a ese punto, lo hicieron juntos.

Unos minutos más tarde, Lucas yacía sobre las almohadas sosteniendo a Rose, que se acurrucaba delante de él. Aún no había sido capaz de separarse de ella. Se resistía a renunciar al calor que emanaba de su cuerpo. Todavía sin aliento, intentó recuperar la razón. Nunca había experimentado nada igual. Rose era la primera mujer que le había vaciado la cabeza y encendido el cuerpo de tal manera que no le importase nada más.

Apenas podía creer lo que había pasado. No había sido capaz de hilvanar una línea de pensamiento coherente que no consistiera en admitirse a sí mismo que ella era mucho más de lo que él había pensado en un principio. Su contención había desaparecido. Su ser racional le había abandonado dejando a su cuerpo al mando. Nunca se había perdido en una mujer de ese modo. Suspirando, Lucas le besó el hombro a Rose, se apartó de mala gana y…

Un repentino e inesperado descubrimiento le golpeó con fuerza. ¿Cómo es que no había notado nada? ¿Cómo se había descuidado tanto? Bajó la vista hacia la mujer que se acurrucaba junto a él y le dijo:

—Rose, dime que estás tomando la píldora.

—¿Cómo?

—La píldora, Rose —repitió él mientras ella se giraba perezosamente para mirarle de frente.

Los cabellos de Rose eran una nube de un rubio plateado que le enmarcaba el rostro y caía por su piel pálida haciéndole parecer una diosa pagana. A pesar de la inquietud que sentía, Lucas volvió a excitarse. Si no tenía cuidado, iba a acabar por volver a perder el control de forma estrepitosa.

–¿Qué has dicho? –ella le acarició el pecho y la espalda, y el roce de sus dedos hacían que a Lucas le ardiese la piel. Tomo aire, le agarró la mano y le dijo con voz grave:

–Rose, se ha roto el preservativo. Dime que estás tomando la píldora.

–Oh, Dios… –Rose le soltó la mano y se la llevó a la boca.

Lucas suspiró y se cubrió los ojos con el brazo como si pudiese borrar la imagen de lo que acababa de pasar. No podía creerlo.

–Cómo es que… No importa.

–Yo tampoco sé cómo demonios se ha roto –murmuró él–. No me había pasado nunca –salió de la cama, se encaminó al baño para limpiarse y luego regresó al dormitorio. Se sentó en la cama, la colocó a su lado y la miró a los ojos.

–Oye, sé que es tarde para hablar de esto, pero quiero que sepas que estoy en perfectas condiciones de salud.

–Yo también –le aseguró ella, aunque él no había dudado ni por un segundo que no fuese así.

No, tratándose de la dulce y pura Rose.

La irritación pugnó con los rescoldos de la pasión que aún sentía. Incluso en ese momento, mientras pensaba a lo que podría tener que enfrentarse, tenía que admitir que su deseo todavía no estaba saciado. Ni de lejos. ¿Y eso qué decía exactamente de él?

Rose se apartó el pelo de la cara, agarró el borde del edredón y tiró de él para cubrirse el pecho como si utilizándolo de armadura pudiese deshacer lo que acababan de hacer.

–¿Existe alguna posibilidad? –Lucas torció el gesto ante lo que consideraba la pregunta más estúpida que había hecho jamás. Por supuesto que había posibilidades de que quedara encinta. Había sido un estúpido. Un desconsiderado. Se había dejado llevar–. Olvídalo –añadió rápidamente. Sé que la hay.

–No es el momento oportuno del mes –le dijo ella–. Pero eso no garantiza… –un segundo después, gimió y añadió–: No puedo creer que se rompiera.

–Ha sido culpa mía.

–Oh, por favor…

No era la reacción que él esperaba. Al mirarla con más detenimiento, le sorprendió descubrir la expresión airada que le estaba dirigiendo.

–Ya somos mayorcitos, Lucas. Ambos estábamos aquí. Ambos queríamos que esto ocurriese y ni tú ni yo hemos fabricado un preservativo defectuoso, así que, por favor, no me trates como a una niña asumiendo toda la culpa.

–No era ésa mi intención –murmuró él. A veces las mujeres podían llegar a ser muy confusas. Si no asumías la responsabilidad, se enfadaban. Y si la asumías, también.

–Pues es lo que has dicho –respondió ella–. ¿No te das cuenta de lo ofensivo que resulta? ¿Qué pasa? ¿Que soy una estúpida que no sabe cómo se hacen los niños? ¿Es eso?

–No, maldita sea, ¿por qué te enfadas tanto?

–Estoy harta de que todos los que me rodean se comporten como si fuese una muñeca de porcelana o algo así. Alguien incapaz de pensar por sí mismo –salió de la cama a toda prisa, todavía aferrada al edredón–. Mi padre, mi ex, Dave, y ahora tú.

Él también salió de la cama de un salto y se quedó allí desnudo, mirando cómo paseaba descalza alrededor del colchón

–Genial. Perfecto –alzó las manos y negó con la cabeza. Era la conversación más extraña que jamás había mantenido con alguien con quien acabara de acostarse–. Eres una mujer inteligente capaz de cuidar de sí misma que podría estar embarazada por culpa de un preservativo defectuoso. ¿Contenta?

–Estoy loca de alegría –cortó ella–. No entiendes nada. Me he pasado la vida recibiendo órdenes de hombres que insistían en que sabían más que yo. Y siempre obedecí, lo cual es totalmente culpa mía –añadió disgustada–. Incluso me casé con el hombre que escogió mi padre con tal de no decepcionarle.

–Siempre me he preguntado por qué te casaste con ese imbécil.

–Pues ahora ya lo sabes. Rose la sin carácter. Ésa era yo –dijo con un estremecimiento–. Cuando miro hacia atrás, no puedo creer cómo pude dejar que me pisotearan de ese modo. ¿Pero sabes qué? Mi matrimonio con Henry y el haber vivido la humillación de sus constantes infidelidades fueron para mí una lección muy valiosa.

–¿En qué? ¿En tortura? ¿Autosacrificio? –Lucas

soltó una risotada–. No me extraña que Santa Rosa le encontrara a todo su lado positivo.

–¿Santa Rosa? ¿Eso es lo que piensas que soy?

–Es lo que todos piensan que eres. La bondadosa. La perfecta. Rose Clancy la recatada –dijo él, a pesar de que una voz en su interior le advertía que fuese con cuidado.

Rose pateó el edredón para apartarlo de sus pies y, apretándolo contra su pecho, se acercó a él furiosa. Cuando estuvo lo bastante cerca, le clavó el índice en el pecho.

–No soy una santa.

–Ya lo veo.

–Y no soy la misma Rose que conociste. Ya no acepto órdenes de ningún hombre. De ninguno. Voy a tomar mis propias decisiones y asumiré mis propios errores. No necesito que me digas lo que tengo que hacer.

–Bien. Decide entonces. Empieza por decirme que es lo que vamos a hacer ahora –dijo él, cruzándose de brazos.

–¿Qué quieres decir? No hay nada que hacer. Está hecho. Es un poco tarde para arreglar las cosas.

–Sí –se pasó la mano por la nuca y asintió–. Veremos qué es lo que pasa, y si estás embarazada, nos casaremos y…

–¿Casarnos? ¿Cómo? ¿Te arrojarás a una pira funeraria? Dios, gracias. Ahora me siento muchísimo mejor –negando con la cabeza, añadió en voz baja–: Diez segundos más tarde vuelve a tratarme como una idiota.

–¿Por qué te estoy tratando como una idiota?

–¡Ja! Mírate. Actúas como… –adoptó un tono grave para imitar una voz masculina– Pobre y desvalida Rose. La he tratado muy mal. Será mejor que encuentre el modo de compensarle –fingió al desplomarse de forma dramática–. ¡Ya lo sé! Aceptaré las consecuencias. Y eso debería bastar.

–¡Qué demonios…!

–No necesito que te sacrifiques por mí, ¿vale? Ha sido sexo. Muy bueno y, visto lo visto, sin protección. Puedo asumirlo. Lo que no pienso hacer es casarme con otro hombre por razones equivocadas. Así que mejor será que salgas ya del siglo XIX, Lucas.

Él había estado escuchando atónito el discurso de Rose. Pero había llegado su turno.

–Quizá no se trata de lo que puedas o no asumir, Rose. ¿Te has parado a pensarlo? –dándole la espalda, buscó sus pantalones por el suelo. Luego se volvió y continuó hablando mientras se los ponía, enfadado no sólo consigo mismo sino también con la mujer que hacía tan solo unos instantes había desatado su pasión–. ¿Sabes quién es mi padre?

–¿Qué? ¿Qué tiene eso que ver con…?

–Ben King –le dijo Lucas–. Ben King, un hombre con montones de hijos ilegítimos. ¿Lo entiendes ahora? ¿Entiendes por qué quiero asumir mi responsabilidad?

–¡No! ¿Qué tiene que ver tu padre con lo que pase entre nosotros?

Lucas se aproximó a ella y se fijó en que sostenía el edredón aún más alto sobre su pecho. La imagen de ella como una diosa pagana volvió a impactarle. La luz de la luna dibujaba sus contornos en plata haciéndola parecer irreal. De hecho, parecía la mujer de ensueño de todo hombre. Desarreglada, atractiva y lista para ser arrojada sobre la cama más próxima.

Que era precisamente lo que él deseaba hacer.

En lugar de eso, la agarró por los hombros desnudos y sintió en las manos el calor de su furia.

–Mi padre repartió su esperma de tal modo que ni siquiera hemos llegado a conocer aún a todos nuestros hermanos. Hace años me prometí a mí mismo que nunca haría algo así, que nunca tendría un hijo que no fuese deseado. Buscado. Amado.

El rostro de Rose se tornó sombrío un instante, pero ya no había ira en sus ojos cuando le dijo:

–Muy bien, lo entiendo, pero Lucas, no has hecho nada malo. Estabas pensando con la cabeza y yo no. Me avergüenza admitir que ni se me ocurrió que había que usar un preservativo, y a ti sí.

–Y mira para lo que ha servido. Eso no cambia las cosas –la soltó porque si seguía agarrándola igual no iba a ser capaz de dejarla ir–. Si esta noche hemos concebido a un hijo, nos casaremos. No permitiré que ningún hijo mío se críe en las mismas condiciones en las que yo me crié. Con un padre a tiempo parcial y una madre que se pasó la vida buscando a un hombre que quisiera quedarse con ella.

Nunca antes lo había dicho en voz alta. Nunca había permitido que nadie tuviese un atisbo de lo que fue su infancia. Lucas había amado a sus padres, pero no nació ciego. Su madre era una mujer agradable y lo suficientemente fuerte como para ejercer de madre soltera. Se había pasado la vida buscando el amor que Ben King había sido incapaz de darle.

Como si percibiese lo mal que él se sentía, Rose aparcó su ira y le dijo con voz calmada:

—Esta noche no tomaremos ninguna decisión, Lucas. Seguramente acabaríamos discutiendo por nada. Creo que debería irme.

La piel de Rose parecía aún más pálida en contraste con la tela oscura que agarraba con fuerza, y su pelo brillaba como la luna. Sin embargo, su mirada era sombría, y Lucas odiaba verla así.

El plan de seducción había funcionado bien. No sólo se había llevado a Rose a la cama, sino que además él también había sido seducido. Se había perdido en su tacto, su sabor. Incluso en ese momento, sabiendo a lo que podría tener que enfrentarse, ansiaba volver a poseerla.

—Quizá deberíamos hablarlo un poco más.

—Creo que ya hemos dicho suficiente —miró a su alrededor buscando la ropa. Recogió las braguitas y los pantalones y se los puso, pero luego se dio cuenta de que se habían dejado las camisetas en la planta baja.

—Ni siquiera tengo aquí la camiseta. ¿En qué estaría pensando? ¿Sabes qué? —dijo Rose, negando con la cabeza como si no pudiese creer que estaba allí a medio vestir—. Tengo que irme. Ahora mismo.

Hacía tan sólo unos minutos aquella mujer había

prendido fuego a su cama y de pronto se sentían incómodos el uno con el otro, sin saber qué hacer a continuación. Y a Lucas, al menos, era la primera vez que le ocurría algo parecido.

–No tiene mucho sentido que te tapes ahora, ¿no te parece? –preguntó, agarrándola del codo para acompañarla abajo.

–En la cama es distinto. Aquí de pie…

Lucas recogió la camiseta que había sobre una de las sillas de la habitación y se la ofreció.

–Toma.

–Gracias –dijo ella en voz baja. Luego se giró y se puso la camiseta. Le llegaba a mitad de los muslos y eso la hacía parecer más pequeña, más vulnerable.

Cuando volvió a darse la vuelta, se negó a mirarle a los ojos. Todo había cambiado. Habían compartido demasiados secretos y ambos estaban ocupados en reconstruir sus barreras personales. Lucas la condujo hasta el vestíbulo, consciente de la distancia emocional entre ambos mientras caminaban en silencio.

Lo único en lo que podía pensar era en que Sean tenía razón.

La venganza siempre encuentra la forma de volverse en contra de quien la busca.

Rose no conseguía quitarse a Lucas King de la cabeza por mucho que mirase a la pantalla del ordenador con las cuentas del negocio. Se frotó los ojos, agitó la cabeza e intentó concentrarse, pero fue inútil.

Suspiró y miró a su alrededor. Cuando montó Clases de Cocina a Domicilio, estaba dispuesta a ser la mujer de negocios por excelencia. Y durante un tiempo había hecho muy bien su trabajo. Hasta la noche anterior. Rose estaba segura de que una mujer de negocios no se metía en la cama de sus clientes, es más, no hacía el amor con ellos de forma tan apasionada.

De pronto se sintió mareada y con el estómago revuelto.

—Ay Dios —bajó la cabeza hasta golpear con la frente sobre la mesa y luego se incorporó rápidamente para frotársela con la mano.

Podía estar embarazada.

—No, no lo creo. Y por Dios bendito, no lo digas en voz alta —susurró, negando con la cabeza.

El embarazo no entraba en su plan de negocios, ni tampoco en sus planes de vida. Seguramente algún día tendría hijos, de hecho, siempre había querido tenerlos... pero todavía no. Sabía que había mujeres que criaban solas a sus hijos: trabajaban, tenían su vida y lo llevaban todo a las mil maravillas.

Pero eso no era lo que ella deseaba.

Incluso después de haber padecido un matrimonio desdichado, todavía esperaba un cuento de hadas.

—Claro que por eso se llaman «cuentos de hadas» —se dijo con un suspiro.

Finalmente admitió que era inútil intentar trabajar. No iba a ser capaz de concentrarse. Miró al teléfono que descansaba silencioso en la esquina de la mesa. Había esperado de algún modo que Lucas la llamara y no sabía qué le iba a decir si lo hacía. Pero el hecho de que no lo hiciese estaba empezando a fastidiarle.

¿Qué habría pasado en casa de Lucas después de que ella se fuese? ¿Se habría vuelto a la cama a dormir como un bebé, sin preocupaciones, sin pensar en ella, en ambos o en lo que podría estar ocurriendo dentro de su cuerpo en ese momento? ¿De verdad era tan insensible que ni siquiera se molestaba en llamarla para preguntarle cómo se encontraba y cómo estaba el bebé?

–Lucas tiene razón. Las mujeres no conocen la lógica –reflexionó mientras se levantaba, apartaba la silla y entraba en la cocina–. ¿Pero cómo se supone que vamos a usar la lógica cuando hay un hombre de por medio?

La cocina de Rose era mucho más pequeña que la de Lucas, pero era acogedora y familiar. Llenó la tetera en el fregadero, la puso sobre la hornilla y encendió el fuego. Mientras esperaba a que hirviese el agua, Rose se apoyó en la encimera y mientras se cruzaba de brazos se preguntó qué era lo que iba a hacer.

–Un momento muy oportuno –murmuró–. ¿Por qué no lo pensaste anoche, que es cuando realmente habría servido de algo?

Genial. No sólo se derrumbaba el mundo a su alrededor, sino que encima estaba hablando sola. Aquello no podía ser buena señal.

Además, estaba agotada. Había pasado la noche

en vela porque cada vez que cerraba los ojos, veía a Lucas. Escuchaba su voz. Sentía sus manos sobre su cuerpo.

Y si hubiese conseguido quedarse dormida, sus sueños habrían sido sin duda en tres dimensiones y con sonido envolvente, así que decidió pasar las horas limpiando la casa hasta dejarla reluciente y viendo los anuncios de teletienda. Por eso sentía los ojos como si fuesen dos canicas abandonadas al sol durante demasiado tiempo y todos los músculos fatigados.

La tetera empezó a soltar vapor y a hacer un ruido que sacó a Rose de sus pensamientos. La apartó del fuego, echó agua hirviendo en una taza y esperó mientras reposaba el té descafeinado. Había tomado tanto café durante la noche que el estómago le pedía un descanso de cafeína. Además, el té era relajante y necesitaba relajarse.

Asió la taza, se acercó al teléfono que había sobre la encimera y marcó el número tres en la selección de números de marcación rápida. Dio un sorbo al té mientras sonaba el teléfono y entonces hizo una mueca de dolor al escuchar la voz adormilada de Delilah.

—¿Quién puede estar tan loco como para llamarme a estas horas?

—Perdona —dijo Rose en voz baja—. Lo siento de veras, Dee. Ni siquiera me he fijado en la hora que era.

Lo hizo y se encogió de vergüenza. Eran las cinco de la mañana.

–Oye, hablamos más tarde, ¿vale? Vuelve a dormir.

–Claro –gruñó Dee–. Eso va a ser. ¿Qué pasa?

–¿Tienes un par de horas? –preguntó Rose con un suspiro. Y antes de que Dee pudiese contestar, negó con la cabeza y dijo–: No es nada que no pueda esperar. Hablamos luego. De todos modos, no puedo hacerlo por teléfono. Lo siento de veras.

–¡Rose!

Pero colgó, pensando que había batido todos los récords. Había tenido sexo con un cliente, seguido de una pelea y, ¡oh!, un posible embarazo. Y finalmente, había despertado a su mejor amiga. Sólo le faltaba patear a un cachorrillo para redondear la jugada.

–Vale. Lo que necesitas es salir de esta casa –recogió una sudadera rosa del respaldo de una silla, las llaves de un gancho junto a la puerta y, con la taza en la mano, se dirigió a la puerta principal. Internándose en la niebla fría y húmeda, desapareció.

Capítulo Ocho

Lucas agradeció tener algo con que distraerse. Había pasado horas despierto, pensando en lo que había pasado con Rose y necesitaba un respiro antes de que le explotase la cabeza.

–¿Estás seguro de querer hacer esto ahora?

Lucas arrancó el motor y miró a Sean.

–¿Por qué no iba a querer?

–No lo sé –dijo su hermano–. Parece como si quisieras darle un puñetazo a alguien, eso es todo. Y dado que no quiero ser yo el que lo reciba y que si se lo das a Warren podría denunciarte, pensé que igual preferías tomarte un tiempo y esperar a que se enfríe lo que sea que te tiene tan alterado.

–Pues te equivocas –dijo Lucas en voz baja.

–Muy bien –dijo Sean encogiéndose de hombros–. Que empiece el espectáculo.

Se encontraban en el puerto de Long Beach, cerca de Terminal Island. La mayor parte de esa zona estaba llena de buques y cargueros que entraban y salían del puerto a diario. El aire era fresco y olía a pescado y a aceite de motor.

Eran casi las seis de la mañana y ya había movimiento en el solar de construcción de King Construction. El guardia de seguridad abrió la verja nada más reconocer el coche de Lucas. Aparcaron junto al enorme edificio en el que se almacenaban las herramientas y la maquinaria de la empresa. Hombres y mujeres, porque King Construction no discriminaba a la hora de contratar a su plantilla, circulaban por el edificio y el espacio circundante, hablando, riendo y recogiendo el material necesario para las tareas del día.

–¡Eh, Sean! –gritó alguien–. ¡Ven aquí y apuestas por mí!

–¿Podrás apañarte solo? –dijo Sean mirando a Lucas.

–Sí, mamá, creo que podré apañarme.

–¿Sin pegarle?

–Vete ya, Sean.

–Vale –aun así, miró a Lucas preocupado antes de encaminarse hacia donde tres de los obreros mantenían un acalorado debate sobre fútbol.

Lucas negó con la cabeza al ver a Sean meterse en la conversación. Era tan bueno con las cuestiones técnicas como con el trato con los demás.

Dejó de pensar en su hermano mientras entraba en el almacén. La tensión en sus hombros se aflojó al sumergirse en aquel ambiente. Pasara lo que pasara en su vida, en King Construction, sabía perfectamente lo que tenía que hacer.

–Julio, ¿has visto a Warren esta mañana?

–Sí –Julio Vega, un obrero de unos treinta y cinco años con bigote negro y ojos marrones, señaló a la parte de atrás del almacén.

–Gracias –Lucas encontró a su presa con facilidad, pero a juzgar por la cara de Warren al verle, sabía que las cosas no iba a acabar bien.

—Jefe —le dijo con una leve inclinación de cabeza a modo de saludo y la mandíbula apretada.

—Warren, tenemos que hablar.

—Si es por el problema que hemos tenido…

—Así es —le dijo Lucas, plantando la mano en el frío metal de una hormigonera—. Sabes que fue una suerte que los hombres se toparan con una tubería de agua. Podría haber sido de gas y haber explotado todo el barrio.

Warren tenía unos cuarenta años, se estaba quedando calvo y llevaba una barba rojiza. Se ruborizó, pero no era vergüenza lo que coloreaba su rostro, sino rabia.

—La posibilidad no cuenta. No era de gas, Lucas. Sí, se inundó todo, pero metimos las bombas, la mayor parte del agua ya está fuera y a finales de esta semana estará reparado el suelo de secuoyas.

Estaba a la defensiva. Y Lucas no podía culparle, pero era consciente de que tampoco es que se estuviese disculpando.

—Sí —dijo Lucas, manteniendo un tono calmado—. Pero todos esos trabajos implican que no vamos a poder cumplir con el cometido para el que se nos ha contratado y encima tendremos que asumir el coste de la reparación del suelo. Warren, sabes tan bien como yo que cada día que empleamos en reparar los desperfectos perdemos dinero. La obra se va a retrasar e iremos atrasados en la siguiente.

—No puedes echarme a mí la culpa de todo.

–¿Y a quién si no? –preguntó Lucas, empezando a enfadarse. Sabía que todo el mundo cometía errores, de hecho pensó en que él también los había cometido la noche anterior con Rose, pero no podía gustarle una persona tan terca como para no admitir su responsabilidad–. Tú eres el capataz.

–Todos los obreros llevaban trabajando contigo el tiempo suficiente como para saber que no debían excavar –alegó Warren acaloradamente– ¿Acaso tengo que ejercer también de niñera?

–No eres la niñera, eres la persona que da las órdenes en la obra. Y no es la primera vez que cometes un error. King Construction tiene muy buena reputación y haremos lo que tengamos que hacer para protegerla.

–¿Como despedirme? –preguntó Warren– ¿De eso se trata? ¿Has venido a despedirme?

–Así es. Tienes dos semanas de indemnización y se te pagarán las vacaciones. Quiero que salgas de aquí en media hora. Uno de los guardias te acompañará a la puerta.

–¿Un guardia? ¿Ahora resulta que soy un ladrón al que hay que vigilar hasta que se vaya?

–Es el protocolo, Warren, y lo sabes.

–El protocolo. Genial –Warren estaba furioso, pero también sorprendido. Por lo visto esperaba que los King se limitaran a darle otro aviso–. Llevo cinco años trabajando para vosotros, ¿me vas a echar así como así?

–Como ya te he dicho, no ha sido tu primer error. Y los aceptaría todos si asumieses tu responsabilidad. Pero no. Siempre cargas con la culpa a los chicos. Que si han sido ellos, que si no te escuchan… –Lucas respiró hondo–. Bien, Warren, cuando uno está al mando, debe asegurarse de que le hacen caso.

–Eres un hijo de perra. ¿Qué se supone que voy a hacer ahora?

–Eso ya no es asunto mío –le dijo Lucas, y echó a andar. Había cumplido con su misión y no se sentía mejor en absoluto. Tenía que regresar a la oficina e intentar concentrarse en el trabajo, cuando sabía muy bien que no dejaría de pensar en Rose en todo el día, tal y como había estado haciendo toda la noche.

–No me vuelvas la espalda –Warren agarró a Lucas por el hombro y le dio la vuelta. Intentó darle un puñetazo, pero Lucas consiguió detenerlo y le asestó un golpe en el estómago que lo dejó encogido y casi incapaz de respirar.

–¿Qué demonios estabas pensando? ¿Ibas a darme un puñetazo? ¿Es que además de despedido quieres salir de aquí arrestado?

–Me has dado un puñetazo.

–Sí –dijo Lucas–. Le dije a Sean que no lo haría, pero tú no pudiste contenerte, ¿verdad? Tenías que provocar una pelea. ¿Acaso eres idiota?

–¡Te voy a demandar! –consiguió decir Warren, que alzó la cabeza para mirarle rabioso.

–No, no lo harás –dijo Julio, que estaba detrás de Lucas– Lo he visto todo. Fuiste tú el que le atacó. Lucas sólo se estaba defendiendo.

Agradecido, Lucas hizo un gesto con la cabeza al joven.

–Julio, llama a seguridad y diles que acompañen a Warren hasta su coche.

Salió del almacén ignorando el ruido, las risas y las conversaciones. Se metió las manos en los bolsillos, respiró la brisa de mar y se dijo que el problema no era Warren, sino Rose y el modo en que habían dejado las cosas.

La noche anterior le había costado la misma vida contenerse para no ir tras ella, traerla de vuelta a casa y atarla a la cama. Todavía recordaba la ira que había en sus ojos cuando la llamó Santa Rosa. Y recordaba también que discutir con ella le había parecido tan atractivo como hacerle el amor.

Rose le estaba atrapando a tantos niveles que no podía ya ni contarlos.

Así que estuvo bien dejarla ir. Y estaba bien no haberla llamado desde entonces. Se recordó que después de todo ese era al plan. Se había acostado con ella. Todo lo que tenía que hacer era contárselo a Dave y dejar de ver a Rose. Perfecto.

Excepto por la duda de si habían concebido a un hijo. Lucas apretó los dientes y aparcó aquellos pensamientos en el fondo de su mente, donde sin duda iban a seguir torturándolo todo el día.

–Le pegaste, ¿verdad? –le preguntó Sean cuando pasó por su lado. Los chicos lo están comentando. Y sales muy bien parado, he de decir.

–Genial –murmuró Lucas–. Warren empezó la pelea, pero sí, le di un puñetazo.

–Sabía que lo harías, por eso quería ir contigo.

–¿Para detenerme?

–No, por Dios –dijo Sean–. Para pegarle yo también.

Lucas sonrió de mala gana. Por mucho que se le hubiese complicado la vida, era maravilloso tener hermanos.

Pocos minutos después de que Rose hubiese regresado de su paseo, llamaron a la puerta. Todavía se sentía cansada, seguía dándole vueltas a la cabeza y no estaba de humor para recibir visitas. Apartó las cortinas para ver quién era y suspiró.

–Lo quieras o no –murmuró–, tienes compañía y no se piensa marchar.

Mientras se dirigía a la puerta, pensó que todo era culpa suya. Si no la hubiese llamado hacía una hora, Dee no estaría en el porche con dos cafés y una bolsa, seguramente llena de donuts.

Abrió la puerta y apenas esbozó una sonrisa.

–No hacía falta que vinieses.

–Muy bien –dijo Dee, entrando en el salón–. Mi mejor amiga me llama al amanecer y yo debería darme la vuelta y volver al país de los sueños.

Aun siendo las seis de la mañana, Delilah James tenía un aspecto envidiable. Llevaba una camisa amarilla y unos vaqueros ajustados. Iba perfectamente peinada y maquillada y en sus ojos brillaba la curiosidad.

–Espero que haya donuts en esa bolsa –dijo Rose.

–Sí, y un café con leche que lleva tu nombre.

–Gracias.

–Menos «gracias» y dime qué pasa.

–Es una larga historia –dijo Rose. Dio un sorbo al café caliente y dejó que le recorriera el cuerpo como una bendición.

–He traído muchos donuts –le indicó Dee–. Así que empieza a hablar.

Rose se rindió a lo inevitable, metió la mano en la bolsa, le dio un bocado a un donut e inició su relato.

Una hora después, estaba empachada, con los ojos más cargados que nunca y más cansada que en toda su vida.

–Así que –dijo Rose con un suspiro mientras metía la mano en la bolsa en busca de migas–, ésa es la historia de mi desastre de vida.

–Una hermosura, en eso te doy la razón –dijo Dee quitándole la bolsa y arrugándola mientras ignoraba la cara de disgusto de Rose–. La pregunta es: ¿qué vas a hacer ahora?

–Que me aspen si lo sé –Rose se posó la mano sobre el vientre plano e intentó imaginarse cómo sería llevar dentro un bebé.

–Lo más seguro es que no estés embarazada –le dijo Dee pensativamente–. Es decir, hay gente que intenta concebir durante años. ¿Por qué ibas a quedarte a la primera? Y sé que probablemente no quieras escuchar esto, pero como tu mejor amiga que soy, tengo que sugerirte al menos… Que existe la píldora del día después. Y lo sabes.

–Sí –dijo Rose–. De hecho, lo he estado pensando esta mañana. Pero no puedo Dee. Sería como deshacerse del bebé, si es que existe, y no podría vivir con ello. Ahora que mis padres han muerto, sería mi familia, ¿sabes? No digo que no está bien que exista esa píldora, pero no es para mí.

–Sí. A mí me pasaría lo mismo –Dee se acercó a Rose y le dio unas palmaditas en la mano para confortarla–. Tendremos que esperar que todo salga bien y ver qué pasa con el niño. Y en cuanto a Lucas…

–Oh –le dijo Rose negando rápidamente con la cabeza–, créeme si te digo que Lucas no cuenta.

–Por favor. Si ni siquiera puedes dormir porque no dejas de pensar en él.

–Eso no quiere decir que haya algo, Dee. Sólo que tuvimos una noche de sexo increíble seguida de una discusión humillante –inspiró con fuerza y luego expulsó el aire–. Santa Rosa.

Dee se echó a reír y Rose le lanzó una mirada acusadora.

–A pesar de lo de Santa Rosa, deberías haber visto la cara de Lucas cuando me dijo que si estaba embarazada nos casaríamos. Lo decía en serio, Dee.

–¿Y qué? –Dee se aproximó aún más a ella, le echó el brazo alrededor de los hombros y dijo–: No puede obligarte a casarte con él, querida. Lo único que puede hacer es bramar y exigir. No tienes que hacer nada que no quieras, aparte de compartir la custodia, claro.

–Peleas por la custodia. ¿No suena magníficamente bien? –dijo Rose, dejando caer la cabeza sobre el sofá y mirando al techo.

–Quien la hace la paga –le dijo Dee con dulzura.

–¿No es ésta la parte en que se supone que me consuelas?

–Vale. Lo voy a hacer ahora mismo –Dee le apretó los hombros–. Seguramente no estés embarazada así que es más que probable que no tengas que volver a ver a Lucas King nunca más.

No verle nunca más. Cuatro palabras que le provocaron un sentimiento frío, oscuro y vacío. Rose miró a su amiga.

–Por desgracia, eso tampoco me consuela demasiado.

–Sí, lo sé –respondió Dee, asintiendo.

Capítulo Nueve

Después de que Dee se marchara, Rose lloró un rato, durmió una larga siesta y cuando despertó volvía a sentirse medio en condiciones. Aún no tenía ni idea de lo que iba a hacer, pero en cualquier caso estaba segura de poder manejarlo. Si no volvía a ver a Lucas nunca más, al menos había pasado con él la noche que siempre había soñado.

Claro que iba a pasar el resto de su vida soñando con ella, pero pensó que no importaba. Podría soportarlo.

–¿Lo has oído, mundo? Puedo soportarlo –removió una sopa de ternera y cebada e inspiró con fuerza el aroma que emanaba del cazo.

A continuación entró en el salón y empezó a ordenar inconscientemente cosas que ya estaban ordenadas: mulló los cojines y apiló las revistas en el esquina de la mesa. Podría haber puesto la radio para que le hiciera compañía, pero tenía tantas cosas en la cabeza que no necesitaba más distracciones. Se dijo que seguramente lo que necesitaba era un poco de silencio. Pero tenía que haber sabido que no duraría.

Cuando sonó el timbre de la puerta, dio un respingo y se giró. El corazón se le aceleró y su primer pensamiento fue que Lucas estaba allí. Pero sus esperanzas se desvanecieron enseguida.

–¡Rose! –gritó su hermano, volviendo a pulsar el timbre– ¡Rose! Sé que estás en casa. He visto el coche aparcado fuera.

Pensó que era justo lo que necesitaba, el otro cabezota que había en su vida. Apresurando el paso hacia la puerta, la abrió de golpe y una ráfaga de viento la cubrió de heladas gotas de lluvia–. Dave, ¿qué haces aquí?

–Yo también estoy encantado de verte, hermanita –se inclinó y le dio un beso fugaz en la frente antes de entrar en la casa–. Vaya, ¿qué es eso que huele tan bien?

Rose suspiró. Todo apuntaba a que iba a tener compañía para la cena.

–Sopa de ternera y cebada.

–¿Casera? –preguntó él, enarcando las cejas.

Ella tuvo que sonreía al ver su expresión esperanzada.

–Por supuesto. ¿Quieres?

–Me encantaría –se quitó la chaqueta y la colgó en una de las perchas que había tras la puerta. Conforme la seguía hasta la cocina, se embarcó en un monólogo–: Una tormenta de lo más inoportuna. Tengo una cuadrilla en la autopista de la costa del Pacífico intentando apuntalar un muro de contención antes de que el tiempo empeore. Tengo el cuarto de estar de una familia convertido en un barrizal y he estado ayudando a los obreros a colocar un plástico en el tejado de una casa antes de que la casa se inundase. La lluvia pilló a todos por sorpresa.

–Parece que has tenido un día bastante atareado –dijo ella.

–Más de lo que me hubiese gustado –admitió Dave, con los brazos apoyados en la mesa–. ¿Y tú qué tal? Llevo sin verte un par de semanas, por eso pensé en pasarme y…

–¿Cenar? –Rose acabó la frase por él mientras llevaba los tazones llenos de sopa humeante a la mesa.

Él sonrió, y ella no pudo evitar devolverle la sonrisa. Quería mucho a su hermano. Anheló que tuviesen el tipo de relación que le permitiese contarle lo que le estaba pasando. Pero no sólo no podía hablar de hombres con Dave, sino que además sabía perfectamente cuál sería su reacción ante la mención de Lucas King. Y pensó que ojalá supiera el por qué.

Cuando Dave sacó una de las cuatro sillas de la mesa para que ella se sentara, se encontró con la camiseta que Lucas había dejado a Rose la noche anterior. Rose aguantó la respiración e intentó hacerse con ella antes de que él pudiese examinarla con mayor detenimiento. Pero Dave fue más rápido, la levantó y vio que era una prenda masculina.

–¿Quién es el tipo, Rose? –preguntó, sonriéndole de tal modo que ella pensó que después de todo las cosas acabarían bien–. ¿Es un secreto? Porque como hermano mayor, debería echarle un ojo antes de que te encariñes de más. Tengo que asegurarme

de que es lo suficientemente bueno para mi hermanita.

—Dave…

Rose supo el momento en que Dave vio el logo.
El estómago se le cayó a los pies al ver cómo la mirada de su hermano se helaba y la sonrisa desaparecía
de su rostro.

—¿King Construction? —se levantó sin dejar de mirar la corona dorada de la camiseta que apretaba en
la mano—. ¿Es una broma o algo así?

—No —dijo Rose con un suspiro mientras le arran-
caba la camiseta de las manos—. Es mi vida privada y
no es asunto tuyo, Dave.

—Y un cuerno. Uno de los King ha estado aquí. Y
se ha dejado esta camiseta.

—No ha estado aquí —negó Rose—. Estuve en su
casa. Me derramé algo encima sin querer y me pres-
tó la camiseta.

—Ya veo —se cruzó de brazos y separó las piernas—.
¿Y por qué estabas en esa casa?

—Clases de cocina —Rose levantó las manos, se dio
cuenta de que estaba agitando la camiseta como si
fuese un paño rojo delante de un toro y la arrojó a
la encimera que había a sus espaldas—. Es a lo que
me dedico ¿recuerdas? Me contrató para enseñarle
a cocinar.

—Cómo no —Dave negó con la cabeza y movió la
boca como si en ella hubiese decenas de palabras
que no podía pronunciar. Se le veía disgustado, preocupado y furioso al mismo tiempo—. ¿Cuál de ellos?
—preguntó a bocajarro—. ¿Cuál de los King?

Rose se dijo que había llegado, que la pelea del siglo estaba a punto de comenzar.

Alzando la barbilla, se cruzó de brazos también, imitando el gesto de su hermano. Lo miró fijamente a los ojos y le dijo:

–Lucas.

–¿Hablas en serio? ¿Lucas King? ¡Maldita sea, Rose! ¿Por qué él?

–¿Y por qué no, Dave? –preguntó ella–. Lucas y tú erais amigos. Luego dejasteis de serlo y nunca supe por qué.

–No tenías que saberlo –murmuró él antes de girarse y dirigirse a la ventana más próxima. Apoyó las manos en la pared, a ambos lados del cristal, y contempló la noche lluviosa.

Rose podía ver el reflejo de su hermano en el cristal y sintió compasión ante la tensión y el sufrimiento que asomaba a su rostro. Pero eso no cambiaba el hecho de que ya era hora de que él le contase la verdad.

–Necesito saberlo, Dave –dijo ella en voz baja, y sus palabras cayeron en el silencio como piedras en un pozo.

–¿Por qué? –preguntó él en el mismo tono–. ¿Por qué no te conformas con lo que te he dicho y te mantienes alejada de los King? Y sobre todo de Lucas.

–Ya es demasiado tarde –respondió Rose con un suspiro.

Él se giró y la miró largamente. Ella mantuvo su mirada y, cuando vio asomar a sus ojos la inequívoca pregunta, asintió.

–¿Ese cerdo se ha acostado contigo?

–Yo también me acosté con él. Así que, si te vas a enfadar…

Derrotado, Dave dejó caer los hombros y murmuró:

–Maldita sea, Rose. Lucas no.

–Háblame. Dime qué es lo que pasó –dijo ella, posando la mano sobre el brazo de su hermano. Él le dio unas palmaditas de forma ausente y volvió a girarse, incapaz de mirarla a la cara mientras hablaba.

–Tienes razón. Debes saberlo. Quizá si hubiese sido sincero contigo sobre este asunto habrías sabido guardar las distancias. Pagué a uno de sus empleados para que me facilitara información y la utilicé para ofrecer presupuestos más baratos en sus proyectos. Básicamente, robé a los King.

–No puedo creerlo. ¿Por qué?

–Tengo excusas. Razones. Papá estaba enfermo, había muy poco trabajo, necesitábamos el dinero. Invertimos en tratos que salieron mal –apoyó los codos en las piernas–. Había que pagar facturas de hospital, nóminas y… Pero el caso es que le robé a Lucas. A mi amigo.

–¿Se enteró? –preguntó Rose, dejándose caer en la silla que había junto a la de su hermano. Claro que lo sabía. ¿Por qué si no se le helaba el rostro cuando se le mencionaba el nombre de su viejo amigo?

–Lo descubrió –le dijo Dave, mirándole a los ojos–. No pudo demostrarlo. No había pruebas. Pero sí, lo sabe.

Rose estaba tan impresionada que no sabía qué decir. O pensar. Su hermano era un ladrón y el hombre al que amaba era su víctima. ¡Y pensar que tan sólo hacía unas horas había creído que su vida ya no podía complicarse más!

–¿Por qué no me dijo nada? –susurró ella–. Quiero decir, entiendo por qué tú no lo hiciste, ¿pero por qué iba Lucas a guardar silencio?

–Como te he dicho. No tiene pruebas. Y sin ellas, quedaría como un pobre perdedor si me acusara –exhaló un suspiro y le tomó la mano–. Rose, ¿acaso Lucas te ha contratado y te ha seducido no porque te quisiera sino por vengarse de mí?

–No –se soltó de la mano de su hermano y se puso en pie. Cruzó la habitación, posó ambas manos sobre la encimera y sintió que el frío del granito le calaba la piel–. Lucas no haría… él nunca… –sus palabras se fueron apagando conforme su mente y su corazón iniciaban una batalla silenciosa.

Su mente insistía en que Dave tenía razón. ¿Por qué si no un hombre como Lucas King iba a interesarse por… Santa Rosa? Pero su corazón y su cuerpo recordaban cada caricia, cada beso, cada palabra susurrada de pasión y calor, y no podía creer que no hubiese sido sincero.

La tormenta azotó Long Beach durante tres días. Al tercero, Lucas estaba como un tigre enjaulado. No podía acudir a ninguna obra por la lluvia y, si tenía que sentarse en la oficina para tranquilizar a otro cliente, le iba a explotar la cabeza. Esa tarde salió con el coche y, como si tuviera puesto un piloto automático, se dirigió directamente a la casa de Rose. No le había costado trabajo encontrarla, sólo había tenido que buscar el nombre de su empresa y allí estaba su dirección.

Estaba sentado fuera de la diminuta casa azul escuchando la lluvia caer con fuerza sobre el techo del vehículo. Sabía que ella estaba dentro porque tenía el coche aparcado en la entrada. Sonrió de mala gana al contemplar aquel coche tan ridículo. Sólo Rose conduciría algo así. Y sólo Rose podía trastornarle la vida de como lo había hecho. Lo único que había podido hacer durante días era pensar en ella. La veía en sueños. Encontraba su olor en la cocina y cada vez que se tumbaba en la cama quería extender la mano y encontrarla allí. Había llegado a importarle de veras.

Por eso había pensado que era el momento de ponerle fin a todo aquello. El plan había funcionado, así que estaba hecho. No buscaba una relación, no era del tipo de personas que se casan y, de ser así, jamás se casaría con alguien de la familia de Dave Clancy, así que no tenía sentido dejar en el aire las cosas entre Rose y él. Había llegado la hora de ahuecar el ala.

Y si finalmente estaba embarazada, ya se preocuparía en su momento.

Salió del coche y caminó lentamente bajo la lluvia con la mirada fija en las ventanas iluminadas tras las cortinas. Antes de que llegara al porche, la puerta se había abierto y Rose estaba en la puerta, mirándole.

Llevaba el pelo suelto, unos vaqueros y una blusa roja de cuello redondo por cuyo escote le asomaba la parte superior del pecho. Su mirada era cautelosa y agarraba la puerta con tal fuerza que tenía los nudillos blancos.

–Lucas.

–Hola.

–Estás empapado.

–¿Cómo? –alzó la vista al cielo como si le sorprendiera que se estuviese mojando–. Sí, supongo.

–¿Quieres pasar?

Él asintió y subió los escalones en una única y larga zancada. Al entrar en la casa, rozó con el brazo el pecho de Rose. La oleada de calor que aquel mínimo roce de sus cuerpos produjo le siguió afectando mientras se quitaba la chaqueta y se la entregaba. Ella la colgó en una percha y luego se quedó allí, mirándole.

Esperando.

Sentía un deseo irrefrenable de abrazarla, de olvidar su plan, olvidarse de Dave y de su venganza y de todo lo que no fuese tan real como ella. Pero esa no era la razón por la que estaba allí.

Un tanto a disgusto por la tensa formalidad que de pronto había surgido entre ambos, la siguió por un corto pasillo hasta el salón más pequeño que Lucas había visto jamás.

Al entrar en la habitación, se sintió como Gulliver. Todo era demasiado pequeño para él. El sofá, las sillas, las mesas. Las paredes estaban cubiertas de pósters enmarcados y algunas fotos de familia, y un olor maravilloso emanaba de la cocina.

El ambiente era cálido y acogedor, y él se sintió como el intruso que era. No era bien recibido. No pertenecía a aquel lugar y, a juzgar por la fría recepción que había tenido, no iba a poder quedarse mucho tiempo. Sin embargo el dolor que le provocó ese pensamiento desapareció cuando se dijo que de todos modos lo prefería así.

Cuando Rose se volvió para mirarle, su mirada era fría, pero había sombras en sus ojos azules y él se preocupó más de lo que quería reconocer.

−¿A qué has venido, Lucas?

Buena pregunta. Había venido a despedirse, pero de pronto sólo tenía ganas de abrazarla. Apretó los puños a ambos lados de su cuerpo para contener las ansias.

−Escucha, sólo he venido a decirte que no volveremos a vernos más.

−¿De verdad?

Ella no mostró el más mínimo sentimiento, y él sabía que Rose no era una mujer que escondiese lo que sentía. Su risa era franca y su rabia era sincera y fácil de reconocer. Pero en ese momento parecía… vacía. Como si sus sentimientos le hubiesen abandonado y le hubiesen dejado una sensación de vacío interior igual a la que él había estado sintiendo en el pecho en los últimos días.

−Tampoco voy a necesitar más clases de cocina.

−Entiendo.

La frente de Lucas se arrugó aún más. Maldita sea, ¿es que no sentía nada? Le estaba costando mucho decirle esas cosas, así que lo menos que podía hacer era aparentar que le importaba.

—No es nada contra ti, Rose. Sólo creo que de esto no puede salir nada bueno.

—Bien. Por supuesto que no.

Una vez más, su tono de voz fue neutro y sus ojos se mostraron fríos y distantes.

—¿Qué demonios te pasa? —le espetó él, preguntándose dónde estaba la mujer que había conocido. Se acercó a ella con intención de agarrarla por los hombros, pero ella se echó rápidamente a un lado, evitándole.

—Rose, ¿qué es lo que pasa?

—Dímelo tú —dijo ella en voz baja sin dejar de mirarle a los ojos—. ¿La razón por la que no quieres verme más tiene que ver con que mi hermano te robara?

La pregunta fue para Lucas como un golpe en el pecho. Cómo… La miró sorprendido, incapaz de asimilarla. Sólo podía haberse enterado por su hermano.

—¿Dave te lo ha contado?

—Así que es verdad —susurró ella, apartando la vista de él como si no pudiese soportar seguir mirándolo. Restregándose los brazos con las manos, añadió—: Sí. Dave me lo ha contado.

Lucas no esperaba aquello. ¿Quién iba a saber que Dave acabaría por confesar? Después de dos años de silencio, ¿qué era lo que le había empujado a contarlo todo?

–¿Le contaste lo nuestro a Dave? –los dientes le rechinaban de rabia y frustración.

–¿Por qué? –preguntó ella, rodeándose la cintura con los brazos como si necesitara algo a lo que agarrarse, aunque fuese a sí misma–. ¿Acaso era también un secreto?

Lucas intentó ignorar el dolor que finalmente apareció en el tono de voz de Rose. Pero necesitaba saberlo, así que volvió a preguntarle:

–¿Se lo contaste?

–Lo averiguó –dijo ella con un suspiro de agotamiento–. Vio tu camiseta, la que me diste la otra noche.

–Genial, eso es genial –negando con la cabeza, vio cómo su plan se desmoronaba. Pensaba que lo tenía todo controlado. La venganza perfecta. Pero todo se había ido a pique.

–Ahora soy yo la que necesito saber algo –dijo Rose.

–¿Qué?

–¿Tenía razón Dave? Dijo que estuviste conmigo únicamente para vengarte de él. ¿Fue todo por venganza?

Lucas no había planeado contarle a Rose lo de la venganza. Al fin y al cabo, no pretendía hacerle daño. Era a Dave a quien quería hacerle pagar. Pero al mirarle a los ojos fue incapaz de mentirle. Ya había habido suficientes mentiras entre ambos.

–Sí. Ese era el plan.

–El plan –soltó aire y volvió a negar con la cabeza–. Vaya. Así que había un plan.

Lo miró con frialdad y Lucas se revolvió incómodo. Llevaba mucho tiempo, quizá años, sin sentir la culpa o el arrepentimiento que empezaban a asediarle en ese momento. Ni siquiera podía recordar la última vez que se había sentido así.

–Rose, no pretendía herirte –dijo Lucas en una bravata que realmente no sentía.

Ella asintió sacudiendo la cabeza como si fuese una marioneta a la que tiran de los hilos.

–Un extra que te llevas.

Lucas sintió otra punzada en su interior. La miró y se sintió totalmente destrozado. Era la hermana del hombre al que consideraba su enemigo. Pero al mismo tiempo, era la mujer con la que había pasado las dos últimas semanas riendo, hablando. A la que había amado. No. Borró rápidamente esa última palabra de su cabeza, tenía la mente nublada. No amaba a Rose. No amaba a nadie. Lo que sentía por ella era… cielos, ni siquiera podía expresarlo con palabras, pero sabía que no era amor. ¿Cómo iba a serlo? No formaba parte del plan.

–Se suponía que esto no iba a acabar así.

–¿Sí? ¿Cómo, entonces? ¿Se trataba de llevarme a la cama y desaparecer después?

–Algo así –admitió él, aunque las palabras se le amargaron en la boca y tuvo que forzar la garganta para pronunciarlas. Cuando se le ocurrió la idea, le pareció bastante sencilla. Pero se había enredado con cosas que no quería reconocer. Estaba contemplando unos ojos azules llenos de dolor y humillación y sentía ganas de patear su propio trasero.

–Rose, yo no te conocía cuando empezó todo esto.

–Y sigues sin conocerme si crees que me voy a quedar aquí escuchando cómo intentas justificar lo que has hecho.

–Dave me robó, traicionó mi amistad.

–¿Y qué has hecho tú, Lucas? ¿Acaso es tan diferente? –lo miró durante un rato antes de apartar la vista mientras añadía–: Al menos, Dave tenía razones para hacer lo que hizo. Tú solo tenías una insignificante necesidad de venganza.

–¿Insignificante? –la agarró por los hombros e hizo que se girara.

Bien, merecía sentirse como un estúpido por utilizarla. Podía asumirlo. Pero no pensaba aceptar que ella le dijese que su necesidad de venganza era insignificante.

–Confié en él. Mis hermanos también confiaron en él. Y nos robó a todos. No creo que sea algo insignificante pretender obtener una satisfacción a cambio.

Ella le apartó las manos, que enseguida se le quedaron frías y vacías.

–Y yo era la herramienta que debías utilizar.

–No sólo eso, Rose –dijo él, odiando cada palabra que salía de su boca y al mismo tiempo incapaz de detenerlas– Eras…

–¿Lamentablemente fácil de engañar? –acabó ella por él.

–Rose, intenta comprenderlo –dijo Lucas, aun sabiendo que ella ya no le escuchaba.

Intentó tocarla de nuevo, pero ella se echó atrás como si se estuviese protegiendo de algo inmundo.

–No me toques –dijo ella, negando con la cabeza y tragando con dificultad–. Dios, eres como todos ellos. Me utilizaste. Como mi padre, como Dave, como Henry. Y no me di cuenta.

–Se supone que no te ibas a enterar –dijo.

–Perfecto entonces, ¡felicidades! ¡Misión cumplida! Se trataba de bajar los humos a Santa Rosa y dar una lección al ladrón malvado.

–Escucha Rose…

–No. Escúchame tú –interrumpió ella con voz rabiosa y las mejillas encendidas de ira –¿Lo que haya habido entre nosotros? Tienes razón, eso se ha acabado. Obtuviste lo que querías, así que ya no tendremos que volver a vernos.

A él no le gustó cómo sonaba aquello a pesar de que había ido a casa de Rose para decir más o menos lo mismo. Y no tenía ningún sentido.

–Vete, Lucas. Sal de mi casa.

Le miraba como su fuera su enemigo. Supuso que se lo había ganado. Nunca antes le habían echado de una casa, pero pensó que eso también se lo había ganado.

Aunque no pensaba marcharse hasta hacerle entender una cosa más.

–Me iré –le dijo–. Pero no romperemos del todo hasta que sepamos si estás embarazada o no. Y si lo estás, Rose, volveré.

Capítulo Diez

—Me ha enviado un cheque.

Tres días de silencio. ¿Ningún contacto por parte de Lucas y recibía aquello por correo? ¿Por correo?

—¿De cuánto es? —preguntó Dee desde su acostumbrada posición en el sofá. Delilah había aparecido hacía unas horas con más cafés y, lo que es más importante, con otro cargamento de donuts. Habían pasado la tarde en el sofá y Rose había estado alternando entre el sentimiento de lástima por sí misma y las ganas de pegar a Lucas. La noche se agazapaba ya tras las ventanas y otra vez empezaba a llover. Era como si el tiempo estuviese en sintonía con su estado anímico.

—¿De cuánto es el cheque? —volvió a preguntar Delilah.

—¿Acaso importa? —Rose se giró para mirar a su amiga—. Llevo tres días limpiando, echando de menos a ese pedazo de animal, torturándome, y ¿qué es lo que hace? Me envía por correo un cheque de... —bajó la vista y los ojos se le salieron de las órbitas— ¡Diez mil dólares!

—¿En serio? —Delilah saltó del sofá y le arrebató el cheque a Rose.

Aunque tanto ella como Delilah habían crecido en el seno de familias adineradas, las dos habían empezado a hacer su vida de forma independiente en los últimos años. Rose por elección; Delilah porque su padre se había arruinado, así que diez mil dólares era una cantidad respetable de dinero para ambas.

Lo que a ojos de Rose sólo resultaba mucho más insultante.

Mientras su amiga hacía fiestas a todos los ceros del cheque, la mente de Rose se puso a trabajar a toda marcha. Desde la noche en que prácticamente había arrojado a Lucas fuera de su casa, se había sentido muy desgraciada. Lo echaba de menos a cada instante a pesar de saber que la había estado utilizando todo el tiempo para vengarse de su hermano.

¿Qué sentido tenía eso? ¿Acaso el amor no debía ser como un grifo que se abre cuando es bueno y se cierra cuando no lo es? No había dormido, había llorado tanto que tenía los ojos permanentemente enrojecidos e hinchados, ¿y ese era el agradecimiento que obtenía?

¿Es que el mundo tenía que patearla cuando estaba deprimida? ¿Era Lucas de verdad tan frío? ¿Había idealizado sus sentimientos hacia él? Rose tragó saliva con dificultad e intentó apartar la vista de aquel papel tan ofensivo, pero su mirada se negaba a moverse. Su mente susurró que estaba todo allí. La evidencia que necesitaba de que ella nunca le había importado a Lucas. De que todas las palabras y todas las caricias entre ellos habían sido falsas. Todo había sido mentira.

¿Y qué habría estado haciendo él en los últimos días? ¿Salir de fiesta? ¿Salir con una joven tonta y bonita a la que no le importase lo que él pensase, dijese o hiciese? ¿Habría pensado en ella en algún momento desde el momento en que había rellenado aquel cheque estúpido e insultante?

–Diez mil dólares –dijo Delilah–. Por los servicios prestados. Vaya, vaya.

–¿Cómo? ¿Servicios? –Rose agarró el cheque y miró con el ceño fruncido la firma garabateada de Lucas. Y entonces vio la nota. Delilah tenía razón. Por los servicios prestados. Se quedó con la boca abierta y más sorprendida aún que antes–. ¿Servicios?

–Rose –dijo Delilah con prudencia–, sabes que se refiere a las clases de cocina.

–¿Sí? –cortó ella con una voz tan alta que se le cascó mientras la indignación recorría cada centímetro de su cuerpo como un fuego incontrolado. Prácticamente temblaba de lo enfadada que estaba. Y ofendida. Y dolida. Y humillada.

–Ese endemoniado, mentiroso… –se quedó sin improperios cuando Delilah le interrumpió.

–Sabes que no te está pagando por el sexo.

–Eso no lo sabemos –le respondió Rose, aún tan enfadada que casi no podía respirar–. Probablemente esto era parte de su plan. El gran discurso de despedida después de usarme para vengarse de Dave, seguido de un bonito cheque… ni demasiado generoso, ni demasiado tacaño. Después de todo, hay que manejar con cuidado las liquidaciones…

–Ay Dios –murmuró Delilah.

Rose apenas la escuchó.

–¿Pero quién se ha creído que es?

–Rose…

Curvó los dedos alrededor del cheque, y tuvo que hacer un enorme esfuerzo para no romperlo en mil pedazos. Lucas King le había propinado una bofetada metafórica. Era su turno y tenía unas cuantas cosas que decirle. En persona.

–¿Crees que puedes saldar cuentas conmigo sin dar la cara siquiera? Pues no quiero tu maldito dinero.

–No nos precipitemos –le instó Delilah.

–No –dijo Rose, asintiendo–. Tienes razón. Quiero su dinero. Pero sólo el que me debe por las clases de cocina.

–Dijo que iba a pagarte el triple de lo habitual.

–Lo que no asciende a diez mil dólares, Dee –dijo ella–. No, lo ha hecho a propósito. Ha enviado un cheque tan generoso que dan ganas de matarle, pero no tanto como para darme a entender que la despedida es definitiva.

–Vas a ir a verle, ¿verdad?

–No lo dudes –dijo Rose segura. Puede que Lucas King iniciara todo con su ridículo plan, pero ella pensaba ponerle fin. ¿Quería una despedida a lo grande? Bien, pues la iba a tener. Y cuando acabara, iba a lamentar haber sabido alguna vez de Rose Clancy.

–Pero Rose, todavía queda la cuestión de si estás embarazada o no.

–Lo sé –asintió de nuevo, se miró el vientre plano y se preguntó por milésima vez en los últimos días si habría un nuevo ser creciendo en su interior–. Si estoy embarazada, tendré que hablar con Lucas. Pero si dejo pasar esto, si dejo que me trate como una factura que hay que pagar, ¿cómo vamos a cuidar juntos del bebé? Si no me quiere, Dee, al menos debe respetarme.

–Tienes razón. Estoy contigo. ¿Quieres que te acompañe a verle?

–No. Tengo que hacer esto sola.

–Muy bien –Delilah recogió su bolso y se puso el anorak–. Pero llámame luego, ¿vale?

–Lo haré –se quedó en el centro de la habitación y vio cómo se marchaba su amiga. Luego se dijo que debía contener las emociones. No tenía sentido ir a ver a Lucas si no podía decirle de forma clara y serena lo que pensaba de él y de su estúpido cheque.

–Lucas…

–Evelyn, si quieres que no traigan más galletas de Katie, díselo a Rafe –respondió Lucas sin levantar la vista de la mesa.

–No se trata de las galletas –le dijo la secretaria–. Ha venido a verte alguien.

¿Alguien? Evelyn no solía ser tan ambigua. Frunció el ceño y luego lo entendió todo al ver entrar en la oficina al hombre que venía detrás de ella.

–Dave.

Era la última persona que esperaba ver en King Construction. Sólo se habría sorprendido aún más si hubiese sido Rose la que se presentara allí sin avisar. La idea hizo que algo prendiera en su interior, pero lo sofocó rápidamente.

Él y Rose habían terminado.

–No pasa nada, Evelyn –dijo mientras se levantaba. Miró al hombre que estaba al otro lado de la mesa y se dio cuenta de que ni siquiera sentía la rabia de antaño.

Lucas no pudo evitar pensar en lo que Rafe y Sean le habían dicho sobre dejarlo estar. Y se dio cuenta de que lo había hecho en algún momento durante los dos días anteriores. No estaba seguro de por qué. Ni siquiera sabía cómo. Pero la bola dura y fría que había llevado dentro durante dos años había desaparecido.

Cuando la secretaria se hubo marchado. Dave se limitó a decir:

–No deberías haber ido a por Rose, Lucas.

Sintió una punzada de vergüenza, pero no debía nada a Dave, así que ignoró la sensación.

–Y tú no deberías haber traicionado nuestra amistad, Dave.

–Maldita sea, era algo entre tú y yo. No debías haber metido a mi hermana en esto.

–Te equivocas. Era algo entre nuestras familias. No sólo me engañaste a mí, Dave. Engañaste a mis hermanos. Nos costaste siete más obras aquel invierno.

–Sí, lo sé. Todavía ni yo mismo puedo creerlo. Y debes saber que no quería hacerlo.

–De poco consuelo sirve. Quisieras o no, lo hiciste.

–Necesitaba el dinero. Mi padre se estaba muriendo y el negocio se iba a pique –dijo Dave, y sus palabras se derramaron como si dentro de él un dique se hubiese roto al fin–. Papá había invertido mal su dinero en los años previos a mi toma de posesión a cargo de la empresa. Perdió la mayor parte de nuestro capital. Había que pagar a los proveedores, contratos que cumplir y facturas retrasadas de hospital. Necesitaba esas obras, Lucas. Tenía que proteger a mi familia. No me arrepiento de haberme atrevido a hacer lo que hice, pero sí de haberte utilizado.

–Deberías habérmelo dicho –dijo Lucas finalmente–. Éramos amigos, podía haberte ayudado. Lo habría hecho.

–Ahora suena muy bien –Dave rió y negó con la cabeza–. No podía decírtelo, Lucas. Lo único que siempre tuvimos en común era el orgullo. Y ese orgullo hizo que le robara a un amigo antes que admitir que estaba a punto de perder la empresa que fundó mi abuelo.

–Lo sentí mucho cuando supe que tu padre había fallecido –dijo Lucas en voz baja, ofreciéndole la rama de olivo que ambos necesitaban.

–Gracias –Dave le miró a los ojos y asintió–. Te lo agradezco. Y sé que esto no significa que volvamos a ser amigos ni nada por el estilo.

–Todavía no –admitió Lucas, aunque estaba dispuesto a borrar a Dave de su lista de enemigos.

–Pues lo que he venido a decirte tampoco va a ayudar –le dijo Dave–. No deberías haber utilizado a mi hermana, Lucas.

–Rose no es tema de discusión –cortó Lucas rápidamente.

Estaba dispuesto a perdonar a Dave el robo y la traición. Pero no pensaba hablarle de la mujer con quien se había acostado puesto que era su hermano. Cosa que le pareció muy extraña, dado que la parte fundamental del plan consistía precisamente en contarle a Dave lo que había hecho con ella.

–Y un cuerno –respondió Dave, y posó ambas manos sobre la mesa de Lucas–. No es el tipo de mujer con el que solías salir.

–¿Y tú que sabes? No hemos hablado en dos años.

–Algunas cosas no cambian.

Lucas apretó los dientes para evitar decirle algo de lo que pudiese arrepentirse.

–¿O sí? –preguntó Dave con una media sonrisa–. Te ha atrapado, ¿verdad? Creíste que podías utilizarla y marcharte sin volver la vista atrás, pero no fue tan fácil como pensabas, ¿verdad?

Tenía razón, maldita sea. En todo. Lucas no había podido apartar a Rose de su mente ni de su alma. Estaba muy dentro de él, lo quisiera o no. Pero no pensaba decírselo a Dave.

–Basta. No quiero hablar de esto contigo.

–Bien, pues entonces, escúchame –Dave se apartó de la mesa–. No la confundas más, Lucas. Si realmente habéis acabado, mantente alejado de ella, porque si vuelves a hacerle daño… tendrás que vértelas conmigo.

Dicho esto, Dave salió de la oficina y Lucas se quedó mirando la puerta cerrada. No le gustaba aceptar órdenes de nadie. Nunca lo había hecho. Pero no podía culpar a Dave de su advertencia.

–Muy bien. Ya basta. –murmuró y se dirigió al armario a recoger su chaqueta. Se la puso, abrió la puerta del despacho y salió–. Me voy, Evelyn.

–Vaya, y antes de las siete –dijo ella. Pero Lucas no se detuvo.

Demasiadas mujeres inteligentes en su vida.

Capítulo Once

Finalmente, dejó de llover. Rose tenía frio. Y estaba empapada. Deseó estar en casa, acurrucada en el sofá con una taza de té caliente viendo un estúpido programa de televisión para romper el silencio.

Pero estaba decidida a quedarse hasta que Lucas apareciera por su casa. Por enésima vez, miró el reloj. Eran más de las seis, ¿por qué se retrasaba? La indignación dio paso a la preocupación al mirar la superficie resbaladiza de Ocean Boulevard y los coches que pasaban a toda velocidad dejando tras ellos un reguero de agua.

Sentada en una de las mecedoras del porche de Lucas, apretó las manos en su regazo e intentó no imaginar su coche convertido en un amasijo de metal.

–Vale, no seas tonta –murmuró–. Está bien. Es sólo que no está en casa. Seguramente tiene una cita o algo así. Con una rica y atractiva… No, no entres en eso.

No debería importarle. Y Rose lo sabía. Lucas le había mentido, la había utilizado para luego deshacerse de ella cuando hubo terminado. No podía culparle por haberla seducido, ya que ella también tenía mucho que ver en eso. Pero en cuanto al resto…

dio unas palmaditas al bolso, donde guardaba el cheque.

–¿Quién eres tú?

Una voz grave la sacó de sus pensamientos y Rose alzó la vista. Había un hombre calvo y corpulento en medio del jardín. Parecía enorme, enfadado y muy borracho. La miraba fijamente. Estaba empapado y se tambaleaba sobre sus pies.

Un escalofrío le recorrió la espalda.

Con cuidado, metió la mano en el bolso y sacó el teléfono.

–¿Dónde está Lucas? –preguntó el hombre, avanzando hacia ella.

No podía decirle que Lucas no estaba allí. No quería que aquel hombre supiese que estaba sola. Y lo estaba. Echó un vistazo rápido a la puerta de los Robertson, pero la casa estaba a oscuras y no había ningún coche aparcado fuera. Y debido a que acababa de escampar, no había nadie en la calle paseando al perro o disfrutando de las vistas al mar.

Estaba sola en la oscuridad con un hombre que no parecía muy estable. Si llamaba a la policía, no podía informar de un delito porque no había hecho nada. Pero si no llamaba y él hacía algo se iba a sentir como una estúpida.

–Lucas está en el patio trasero –le espetó.

–Bien –el hombre avanzó un poco más, como si levantar el pie le costara un enorme esfuerzo–Iré a buscarle –dijo arrastrando las palabras.

Rose apartó los ojos de él tan sólo un segundo para mirar hacia su coche, aparcado en la acera. Decidió que echaría a correr hacia él en cuanto el hombre doblara la esquina de la casa. Una vez lejos de allí, llamaría a Lucas para avisarle de lo que estaba ocurriendo. No quería que llegara sin saber de alguien que sin duda estaba buscando problemas.

Se levantó lentamente con el estómago agitado. Él no pareció percatarse, porque estaba mirando a su alrededor como si intentara recordar dónde estaba y por qué. El olor a cerveza llegó hasta ella con la brisa.

De pronto, la miró con los ojos empañados y volvió a preguntarle quién era.

—Soy una amiga de Lucas —dijo ella en voz baja conforme bajaba lentamente las escaleras.

—No tiene amigos. Es un maldito cerdo...

Instintivamente, Rose quiso defender a Lucas, cosa que sería un error dado que ese hombre estaba enfadado con él. Tuvo que apretar los labios para no decir nada.

—Bueno, tengo que irme ya, así que...

Bajó hasta el césped todavía mojado, intentando poner cierta distancia entre ambos. Pero a pesar de su estado de ebriedad, el hombre se movía con rapidez. De pronto estaba a su lado, agarrándole el brazo con fuerza.

—Espera un minuto. Tú conoces a Lucas.

—Sí —dijo ella y aguantó la respiración todo lo que pudo. El olor alcohol se tornó más intenso.

—Podrías hablar con él, decirle que no me despida —se acercó aún más, perdió el equilibrio y casi los tira a los dos al suelo, pero de algún modo consiguió mantenerse en pie. A Rose le dolía el brazo e intentó liberarse, pero el hombre era mucho más fuerte que ella. Todavía tenía el teléfono en la mano y lo levantó tan discretamente como pudo, pero él se percató.

–¡Eh! No se te ocurra llamarle –le dijo el borracho, quitándoselo de un golpe.

Ella miró al teléfono, que había caído sobre la hierba húmeda y el alma se le cayó a los pies.

–Deja que llame a Lucas. Vendrá a hablar contigo –le instó intentado no perder la calma a pesar del miedo–. Lo arreglaremos todo. Te puedo ayudar, deja que lo intente.

Él se quedó pensando un rato. Frunciendo el ceño, se tambaleó y finalmente asintió y le soltó el brazo. El dolor que sintió cuando la soltó fue casi tan fuerte como el que le hizo al agarrarla. En cuanto se vio libre, Rose echó a correr dejando el teléfono sobre la hierba. Sólo pensaba en alejarse, pedir ayuda, algo. Mientras corría, revolvió el bolso en busca de las llaves del coche.

Oyó gritar al hombre detrás de ella y luego sus pisadas al perseguirla. Rose se dijo que estaba demasiado borracho, demasiado inestable como para avanzar deprisa. Le llevaba ventaja… si pudiera…

Unos faros le cegaron la vista y alzó un brazo para defenderse. Un vehículo frenó en seco en la acera y un segundo después Lucas saltaba de su coche.

–¿Rose? ¿Qué sucede? –vio al hombre que la perseguía y enseguida la colocó detrás de él, protegiéndola con su cuerpo–. Warren, ¿qué estás haciendo aquí?

–He venido a hablar –gritó el hombre–. Tu señora me estaba ayudando.

A pesar de la luz cegadora de los faros, Rose vio la rabia que asomó al rostro de Lucas.

–Maldito loco –murmuró. Luego miró por encima de su hombro hacia donde ella se encontraba– ¿Estás bien, Rose? ¿Te ha lastimado?

–No. Estoy bien.

Lucas respiró hondo y asintió.

–Bien. Eso está bien. Ve a la casa. Espérame en el porche.

–No. Quiero irme, Lucas. Me voy.

Él volvió a mirar a Warren y luego posó la mano en la mejilla de Rose.

–Por favor. Ve al porche.

Rose le miró, luego miró a Warren y de nuevo a Lucas. Vio que Lucas estaba enfadado pero también preocupado, así que asintió. Cielos, de todos modos estaba demasiado alterada como para conducir. Rose describió un amplio círculo alrededor de Warren y luego se apresuró hacia el porche, deteniéndose únicamente para recoger su teléfono. Desde una posición segura y ventajosa, contempló a Lucas y al otro hombre.

–Warren, no deberías haber venido –dijo Lucas apretando los puños.

El hombre se pasó la mano por la cara y Rose pensó que de pronto parecía más desgraciado que amenazante.

–No tenía otra opción. No puedo perder mi trabajo –se dejó caer sobre la hierba y se cubrió la cara con las manos. Lucas aún estaba furioso, pero al bajar la vista hacia el hombre su rostro expresaba compasión–. Si buscabas una segunda oportunidad, venir a mi casa borracho y amenazar a mi mujer no es el modo más adecuado de hacerlo.

¿Su mujer?

Esas dos palabras le golpearon el corazón. Rose se estremeció, pero antes de convertirlas en algo más, se dijo que no querían decir nada. Lucas estaba hablando con un borracho. Aun así, las dos palabras resonaron en su interior como un grito en un inmenso cañón.

–No le he hecho nada –murmuró Warren–. Jamás haría daño a ninguna mujer.

–Pues entonces es tu noche de suerte –le dijo Lucas mientras sacaba el teléfono. Miró a Rose satisfecho de verla a salvo y luego hizo una breve llamada.

–Quédate aquí, Warren –le ordenó–. Te juro que si te mueves de donde estás…

Warren ni siquiera rechistó. Se quedó sentado en la hierba con las manos en la cabeza y hablando consigo mismo.

Claramente disgustado, Lucas se dirigió hacia Rose, la abrazó y luego la separó de él y tomó su cara entre las manos–. ¿Seguro que estás bien?

–Sí. No me ha hecho nada. Solo ha sido el susto. ¿Quién es?

–Trabajaba para mí hasta hace poco. Le despedí. Y a juzgar por lo que apesta, lleva varios días en el bar.

–¿Has llamado a la policía?

–No. He llamado a Sean. Llevará a Warren a su casa. No quiero que lo arresten, ya tiene suficientes problemas. Pero si llega a hacerte daño…

–No lo ha hecho.

Asintiendo, Lucas sacó las llaves, abrió la puerta de la casa y dijo:

–¿Me esperas dentro? Tengo que quedarme con Warren hasta que llegue Sean.

–Esperaré.

Lucas le sonrió y volvió al jardín. Se acercó a Warren y se agachó junto a él. Hablaba demasiado bajo como para que ella le oyese, así que Rose se metió en la casa. Media hora más tarde, Sean había venido y se había llevado a Warren.

Al entrar en la casa, Lucas detectó un aroma a café recién hecho y siguió su rastro hasta la cocina. Había estado evitando aquella habitación, porque era incapaz de entrar sin recordar a Rose.

Cuando abrió la puerta y la vio en aquella estancia iluminada, se quedó sin aliento. Había dejado el abrigo sobre una silla y llevaba unos pantalones vaqueros, un jersey rojo de cuello ancho y el pelo rubio y suelto sobre los hombros en una cascada de seda.

Deseó tocarla de nuevo, sentir la suavidad de su piel. Y la necesidad fue tan fuerte que se metió las manos en los bolsillos para aplacarla.

Ella se giró al verlo entrar y el borde del jersey le cayó sobre el hombro. Fue entonces cuando Lucas vio las marcas que tenía en el brazo. Furioso de nuevo, se situó a su lado en dos largas zancadas.

–Dijiste que no te había lastimado –murmuró, tirando hacia abajo del jersey para examinar las huellas de los dedos de Warren en la piel pálida–. Te ha dejado marca, Rose. Mañana tendrás cardenales. Debería haber hecho que le arrestaran.

–No, Lucas. Estaba borracho, triste y asustado. Estoy bien. De verdad.

Él inspiró con fuerza, le miró a los ojos y dijo:

–Cuando te vi ahí, y me di cuenta de que te perseguía…

–Me alegré mucho de que aparecieses.

–Yo también –recorrió el rostro de Rose con la mirada. El olor de ella lo inundó y Lucas se rindió al deseo que le había estado atormentando durante días.

Todo había acabado. Y él lo sabía. Lo aceptaba. Pero ella estaba allí y él se sentía excitado y tan sediento de ella que apenas podía respirar.

–Rose…

Ella negó con la cabeza aunque se echó sobre él.

–Lucas, no es esto a lo que he venido.

–No me importa –admitió él–. Necesito besarte de nuevo. Abrazarte otra vez.

–No deberíamos –dijo ella, y se encontró con su boca a medio camino conforme la cabeza de él se inclinaba para besarla.

Enseguida, la pasión y el deseo los condujo a la trampa que ellos mismos habían diseñado. Él la abrazó con fuerza, encantado de sentir cómo el cuerpo de ella se amoldaba al suyo. Rose suspiró dentro de la boca de Lucas y él recibió su aliento y lo mantuvo en su interior, deseando devorarla entera.

La mente, el corazón y el alma de Lucas pugnaban por hacerse oír, pero la única voz que éste escuchaba era la de su cuerpo. Ella estaba allí. Entre sus brazos. Donde él la necesitaba.

Con un gemido, Lucas acercó las manos a la cintura de los vaqueros de Rose, los desabrochó y bajó la cremallera. En unos segundos estaba deslizando la mano por su vientre desnudo. Ella lo besó con más fuerza, con más pasión, enredando su lengua con la de él en una danza desesperada de deseo.

Cuando Lucas bajó la mano por dentro de las braguitas de Rose hasta el lugar donde se le aguardaba, ella deshizo el beso con un grito entrecortado y movió las caderas hacia él mientras éste le tocaba, acariciaba y exploraba su humedad y su calor. Una y otra vez, deslizó los dedos sobre ella, excitándola mientras veía sus ojos arder y empañarse por lo que estaba sintiendo, por lo que le estaba entregando en aquel instante robado.

Y cuando el cuerpo de Rose no pudo aguantar más, cuando estuvo tan tensa que no podía ascender más, Lucas sintió cómo era recorrida por un primer y devastador orgasmo.

–¡Lucas! –se aferró a sus hombros, clavándole los dedos mientras se movía en su mano, llevada por oleadas de sensaciones que se derramaban sobre ella en una marea de liberación.

Finalmente todo quedó en unas leves ondas y ella se estremeció mientras él la abrazaba con fuerza. Rose tenía la cara enrojecida, la mirada ida y la respiración jadeante. Se mojó los labios y dejó caer la cabeza sobre el pecho de Lucas como si fuese incapaz de mantenerla erguida.

Él le besó el pelo e intentó calmar su propio corazón. Pero fue en vano. Lo que quería era hundirse en ella, sentir su calor tan cerca y profundamente como antes. Liberando su mano, suspiró y dijo:

–Ven conmigo, Rose. Arriba.

–No –una risa entrecortada escapó de su garganta y negó con la cabeza contra su pecho.

–¿Cómo? –Lucas la separó de su cuerpo para poder mirarla y esperó hasta que ella levantara la vista hacia él–. ¿Por qué no?

Mordiéndose el labio inferior, ella se alejó de él, se subió la cremallera del pantalón y se arregló el jersey. Luego se apartó el pelo de la cara. Mirándole, inspiró hondo y expulsó el aire antes de atreverse a hablar.

–Porque no cambiaría las cosas –otra risa fugaz escapó de sus labios–. No he debido permitir lo que acaba de pasar.

Él la agarró con fuerza, pero aflojó las manos al ver que Rose hacía una mueca de dolor por los moretones que le había hecho Warren. Al recordarlo, sabiendo que ella había estado en peligro y que él no había llegado hasta el último momento, sintió miedo y sus palabras se tornaron desesperadas.

–Pero ha pasado, Rose. Me deseas. Y yo a ti. Es sencillo.

–No, no lo es –dijo ella con tristeza. A Lucas le

sorprendió ver que los ojos de Rose se llenaban de lágrimas. Pero las contuvo tan deprisa que desaparecieron antes de que él pudiese preguntarse a qué se debían–. No es sencillo en absoluto.

Lucas se sintió frustrado. La deseaba con toda su alma y todo apuntaba a que iba a seguir haciéndolo.

–¿Entonces para qué demonios has venido?

–Para esto no –le dijo ella.

–Bien. ¿Por qué, entonces?

Alzando la barbilla, Rose se dirigió a la mesa donde había dejado el bolso. Lo abrió, sacó un sobre y se lo tendió.

–Por esto. Quería devolvértelo personalmente, toma.

–¿Cómo? –lo miró y reconoció el sobre y el cheque que le había enviado el día anterior. Había escrito a propósito una cantidad mucho mayor que la que le debía, no porque se sintiera culpable, sino porque sencillamente quería dársela. Y eso, al parecer, no le había gustado.

–Quédatelo –dijo ella, agitando el sobre como si fuese un estandarte de guerra.

–No lo quiero.

–Ni yo –respondió ella y se lo puso en la mano antes de cruzarse de brazos. Él apretó el sobre en sus manos, arrugándolo–. Te ganaste ese dinero.

–¡Ja! Es más del triple de lo que me debías por las clases y lo sabes, así que el único modo por el que he podido haberme ganado tal cantidad…

No acabó la frase, pero él no necesitó escucharla. Se sintió insultado.

–¿Hablas en serio? ¿Crees que te he pagado por acostarte conmigo?

–¿Qué otra cosa se supone que voy a pensar? –preguntó ella.

Completamente ofendido, Lucas rompió el cheque en dos y dejó caer los pedazos sobre la madera reluciente del suelo.

–Ya está. ¿Contenta?

–Sí –dijo ella sin mirar siquiera el cheque roto–. Contenta. No puedes comprarme, Lucas. No puedes compensarme. No puedes lavar tu conciencia escribiendo un maldito cheque como si yo fuese una factura sin pagar.

–¡No era eso lo que estaba haciendo, maldita sea!

–¿Entonces qué? ¿Por qué lo hiciste si no?

–Intentaba ayudarte. Eres una cocinera excelente, Rose. Necesitas dinero para montar tu negocio. Estaba… invirtiendo.

–Invirtiendo –repitió ella, incrédula–. ¿Querías invertir en una mujer a la que dijiste que no querías volver a ver? ¿Dónde está esa lógica que tanto te gusta, Lucas? No tiene ningún sentido. ¿Se supone que debo creerlo?

–Puedes pensar lo que quieras –murmuró él. «Intentas hacer algo agradable y te lo tiran a la cara», se dijo. Nunca debió empezar con todo aquello. Le estaba dando más problemas que compensaciones. Y encima tenía que explicarle sus motivos a Rose cuando ni siquiera él acababa de entenderlos del todo. Aceptando lo inevitable, masculló:

–Te enviaré un cheque únicamente por lo que te debo de las clases, ¿te parece?

–Bien.

Sus miradas se encontraron.

Hielo y fuego.

–Pues entonces hemos terminado –le dijo él, recogiendo lo que le quedaba de orgullo y aferrándose a él.

–Hemos terminado, Lucas –aceptó ella. Se puso la chaqueta, se colgó el bolso en el hombro y salió de la habitación taconeando sobre la madera del suelo.

Él oyó cómo se abría la puerta de la casa y luego se cerraba.

Volvía a estar solo.

Capítulo Doce

Dos semanas más tarde, Rose entró corriendo en la cafetería del barrio. Rápidamente, buscó entre los empleados a la única persona en el mundo con la que podía hablar. Justo en ese momento, Delilah salió del reservado, riéndose con una de sus compañeras de trabajo. Al levantar la vista, vio a Rose

—¡Hola, tesoro! ¿Necesitas con urgencia un café? —al tenerla más cerca, la miró preocupada y le preguntó en voz baja—. ¿Rose, estás bien?

—Estoy de todo menos bien —murmuró ella, mirando a su alrededor para asegurarse de que nadie podía escucharle— ¿Puedes hacer un descanso?

—Claro —le dijo Dee—. Eric, voy a tomarme un descanso, vuelvo en quince minutos.

Dee salió de la barra, la agarró del brazo y la sacó del establecimiento. Fuera, el sol empezaba a ponerse y los rayos parecían apuntar directamente a los ojos de Rose, que los entrecerró y respiró hondo para tratar de calmar sin éxito los nervios que se agitaban en su estómago.

—¿Qué pasa, tesoro?

—Esto es el fin —dijo Rose en tono dramático.

—¿Cómo? —Dee la llevó hasta una de las mesas que había delante de Coffee Heaven.

–Estoy embarazada. Me he hecho la prueba tres veces. Estoy segura.

Tras unos minutos de silencio, Dee se arrellanó en su asiento con los ojos fijos en Rose.

–¿Y ahora qué?

–Ese es el problema. Que sé lo que tengo que hacer ahora, sólo que no quiero.

–Te refieres a hablar con Lucas.

–Sí.

–Cariño, has estado echándole de menos durante las dos últimas semanas. ¿De verdad son tan malas noticias?

–No es una mala noticia, Dee. Es decir, es una sorpresa, pero no es malo, ¿sabes? Lo malo es que cuando se lo diga a Lucas querrá casarse conmigo.

–Y eso es malo porque…

–Porque no me quiere. Lo hará por obligación, porque el bebé y yo somos responsabilidad suya. Y no quiero ser eso para el hombre al que amo. Quiero que me quiera porque no pueda vivir sin mí, no porque una capa de látex falló en el momento menos oportuno –hizo una pausa y luego continuó antes de que Dee pudiese decir nada–. Si me casara con él por razones erróneas, acabaría siendo como mi matrimonio con Henry.

–Henry era un imbécil –afirmó Dee.

–Cierto. Pero el caso es que no lo quería y él a mí tampoco. Y creamos juntos una enorme bola de amargura. No quiero que eso pase con Lucas.

–De acuerdo. Estoy contigo –le dijo Dee con firmeza–. Cualquier cosa que decidas me parecerá bien. Pero la siguiente cuestión es, ¿qué es lo que quieres hacer?

–Por desgracia –dijo Rose, dejándose caer en el respaldo de la silla–, lo que quiero no cuenta. De ser así, querría que Lucas y yo estuviésemos juntos celebrando que vamos a tener un hijo. Pero eso no iba a ocurrir y Rose estaba intentado asumirlo. Lucas ya había hecho su elección y no la había escogido a ella. No había sabido nada de él en dos semanas, excepto por el cheque que recibió por la cantidad exacta que le debía

No, Lucas no iba a volver y si le pedía matrimonio no sería del tipo que ella deseaba. Así que lo mejor sería apartar sus sueños y empezar a prepararse para afrontar la realidad.

Mientras pensaba estas cosas, se le ocurrió que tenía que hablar con otra persona antes de ir a ver a Lucas.

–Tengo que hablar con Dave.

–¿De veras? –Dee la miró sorprendida–. ¿Estás segura de que tu hermano es la persona más adecuada para ayudarte en esta situación?

–Desde que hablamos y aclaramos las cosas entre ambos, nuestra relación se ha renovado y ha mejorado mucho. Ahora me visita muy a menudo y sabe lo mío con Lucas, así que no creo que le sorprenda. Tengo que decírselo. Él es mi familia.

Dee asintió.

–Muy bien –dijo Dee y se levantó a la vez que Rose–. Pero si te decepciona y se comporta como un estúpido, llámame.

144

***

Lejos de reaccionar como un estúpido, Dave fue el perfecto hermano mayor. Cuando Rose le contó lo que pasaba, dijo e hizo lo correcto. Se mostró comprensivo y le ofreció todo su apoyo, y Rose quedó tan agradecida que podría haberse echado a llorar.

–No te preocupes –le dijo Dave, dándole un abrazo que la animó y consoló al mismo tiempo–. Todo saldrá bien. Somos Clancy. Podemos con todo. Y a tu hijo no le faltará de nada, lo juro.

–Gracias, Dave –dijo ella.

–¿Has hablado con Lucas?

–No, todavía no. Sé que tengo que hacerlo, pero ahora mismo no estoy preparada.

–Muy bien…

Hubo algo en su tono que alertó a Rose.

–Y no quiero que tú lo hagas. Seré yo quien se lo diga, Dave. Y lo haré a mi manera, ¿vale?

–Claro, por supuesto.

–Gracias por entenderlo.

–Estoy aquí para ti. Para lo que necesites.

–Ahora mismo –dijo ella con una sonrisa atribulada–, creo que necesito una siesta. Ha sido un día duro.

–Sí –dijo él, acercándose. Se inclinó y la besó en la cabeza–. Duerme. Echaré la llave al salir.

–De acuerdo –se echó en el sofá y apoyó la cabeza en un cojín–. Y Dave…gracias de nuevo.

–No te preocupes por nada.

Estaba prácticamente dormida cuando Dave salió por la puerta.

Así que no pudo ver cómo su expresión de hermano preocupado se transformaba en otra de fría determinación. ¿Que ella no estaba preparada para hablar con Lucas? No hacía falta. Él estaba más que preparado.

Tenía muchas cosas que decirle a su viejo amigo. Y nada mejor que en aquel preciso instante.

–Están buenísimas –dijo Sean mientras se hacía con otra quesadilla de carne y queso. Sonriendo a Rafe y a Lucas, dijo–: Un aplauso para Rose. Si ha sido capaz de enseñarte a cocinar, se merece una medalla.

–Tiene razón –dijo Rafe, agarrando su cerveza–. Aunque no entrara en tu plan, conseguiste aprender a cocinar. Impresionante.

–Sí. Impresionante –había aprendido a cocinar pero no tenía para quién. Por eso, cuando le tocó ejercer de anfitrión en la reunión semanal de los King, se ofreció a preparar una cena para sus hermanos. Aunque en ese momento no recordaba por qué lo había hecho. El hecho de estar en aquella habitación, incluso el de utilizar la sartén de hierro que había comprado por indicación de Rose, le hacía sentirse… incompleto. Como si en su casa faltara algo importante. Su vida.

Había convertido su santuario en una prisión.

–No estás comiendo mucho –dijo Rafe.

–Supongo que no tengo hambre –dijo Lucas encogiéndose de hombros.

De hecho, llevaba dos semanas sin apetito. Tenía un nudo en el estómago que no le permitía siquiera pensar en la comida. Se había estado diciendo que era comprensible, que pasaría por un periodo de adaptación después de sacar a Rose de su vida. Pero estaba seguro de que acabaría por acostumbrarse.

–Bueno –Rafe dio un sorbo a la cerveza y dijo–: Pues Warren pasó por mi despacho esta mañana.

–¿Y ahora me lo dices? –preguntó Lucas.

–Tranquilo –Rafe ignoró el enfado de Lucas y continuó–: Se sentía mal y vino a pedir disculpas.

–Tenía que haber hecho que lo arrestaran –comentó Lucas al acordarse de los moretones que le hizo a Rose y de cómo temblaba cuando se la encontró sola frente a un borracho en plena noche.

–Lo sé –dijo Rafe–. Estaba avergonzado. De hecho, casi me caigo de la silla cuando le oí decir por primera vez que era culpa suya. Me rogó que os pidiese disculpas a ti y a Rose, Lucas. Y dijo que no volvería a causaros problemas. Va a mudarse a Phoenix para empezar una nueva vida.

–Otro milagro que debemos a Rose –dijo Sean.

–Gracias a ella, Warren ha asumido responsabilidades por primera vez en su vida. Es una mujer increíble.

–Sí –dijo Lucas en tono sombrío–. Lo es.

–¿Y qué piensas hacer al respecto? –preguntó Rafe.

–¿Cómo? –Lucas miró a sus dos hermanos y encontró en ellos la misma expresión.

De paciencia agotada.

–Vamos –dijo Sean al tiempo que daba otro bocado a su tercera quesadilla–. No somos tontos. Hemos notado lo mucho que has cambiado desde que dejaste de ver a Rose.

–No sé de qué me habláis.

–Estás enamorado de ella –dijo Rafe.

–No lo estoy.

Sean se echó a reír.

–Sí lo estás –dijo Rafe amigablemente–. ¿Crees que no reconozco los síntomas? No hace tanto que hice con Katie exactamente lo mismo que estás haciendo ahora con Rose. Y te aseguro que esconder o ignorar tus sentimientos no hará que desaparezcan. Asúmelo –añadió con una sonrisa–, cuando un King se enamora de una mujer, no deja de amarla jamás. No hay escape posible. Y un hombre inteligente no querría escapar.

La mirada estoica de su hermano hizo que Lucas perdiese toda la fuerza de voluntad. Rafe veía demasiado. Sabía demasiado. Y Lucas no podía seguir escondiendo la verdad. Ni a Rafe ni a sí mismo.

Desde que dejó a Rose, un doloroso vacío se había aposentado en su interior. Y si no la recuperaba, acabaría por engullirlo.

–Si quieres que te dé un consejo –le dijo Rafe pasado un segundo–, e incluso si no lo quieres… ve a ver a Rose. Pídele perdón. Recupérala si aún estás a tiempo de hacerlo.

Por suerte, Lucas se libró de responder porque sonó el timbre de la puerta. No se molestó en averiguar quién era antes de abrir debido al alivio por la oportuna interrupción.

De haberlo hecho, le habría dado tiempo a esquivarlo.

El puñetazo de Dave le golpeó directamente en la mandíbula y Lucas dio varios pasos atrás, tambaleándose. Dolorido, se agarró la mandíbula y gritó:

–¿Qué demonios…?

–Hijo de mala madre –Dave avanzó hacia él, dispuesto a asestarle otro golpe cuando Rafe y Sean llegaron corriendo por el pasillo.

–¿Qué pasa? –preguntó Rafe.

Sean ya se había colocado junto a Lucas, formando un frente unido con los King.

–Él sabe qué pasa. Pregúntaselo –respondió Dave, furioso.

–¡No sé de qué estás hablando! –dijo Lucas, mirándole–. He abierto la puerta y me has dado un puñetazo. Fin de la historia.

–¿No lo viste venir? –dijo Sean por lo bajo.

Lucas le lanzó una mirada asesina antes de volver a dirigirse a Dave.

–¿Qué haces aquí? ¿Y por qué demonios me has pegado?

–Rose está embarazada.

Las tres palabras cayeron en la habitación como una bomba.

Sean emitió un pequeño silbido.

Rafe gruñó algo entre dientes.

Dave parecía dispuesto a asestar un segundo golpe.

Y Lucas no se había sentido más feliz en toda su vida. La noticia le había golpeado más fuerte que el puño de Dave. Su mente empezó a funcionar a toda prisa. Rose. Embarazada. Iba a ser padre. Y algo más. Iba a ser el esposo de alguien.

Por fin tenía una razón para casarse con Rose, para asegurarse de que se casaba con él. No pensaba aceptar otra cosa.

A pesar del dolor de mandíbula, sonrió.

−¿Te parece divertido? −le preguntó Dave con rostro severo.

−No, por Dios −le contestó Lucas mientras se volvía a frotar la cara−. No tiene nada de divertido. Pero es la mejor noticia que he recibido en mi vida.

−Creo que ha sufrido una conmoción −dijo Sean en voz baja.

−No −dijo Rafe con una sonrisa−. Creo que acaba de descubrir lo que realmente desea.

−Efectivamente −le dijo Lucas, y luego volvió a mirar a Dave. El hermano de Rose. Se dijo que pronto serían familia y añadió−: Escucha. Tú y yo aclaramos las cosas entre nosotros, ¿no es así?

−Sí.

−Y te dije que había iniciado una aventura con Rose para vengarme de ti de algún modo.

Dave asintió, no demasiado feliz al recordarlo.

−Pero todo ha cambiado −se limitó a decir Lucas− Rose… lo es todo para mí.

Dios, le gustaba reconocerlo, decir en voz alta lo

que el alma y el corazón habían estado intentando decirle durante semanas–. Voy a pedirle que se case conmigo. Lo antes posible.

Dave se quedó observándolo un momento y luego asintió en un gesto de conformidad.

–No te resultará fácil convencerla. Ya no acepta órdenes de nadie.

–Lo sé, créeme –respondió Lucas entre risas.

–Pero si significa algo para ti –añadió Dave tendiéndole la mano–, tienes mi bendición.

Asombrado al darse cuenta de que en realidad era mucho lo que significaba para él, Lucas estrechó la mano de su amigo y luego se giró hacia sus hermanos.

–Tengo que irme. Cerrad la puerta con llave cuando os vayáis.

Corriendo hacia el coche, escuchó a Sean decir:

–Pues ya que casi somos parientes, ¿te apetece una cerveza?

Lucas fue directamente a casa de Rose. Se sentía mejor que en las últimas dos semanas. El dolor en el pecho había desaparecido. Veía con claridad, y su cuerpo y su mente por fin se habían puesto de acuerdo en algo.

Rose estaba hecha para él.

Sonrió al ver el coche de Rose frente a su casa, aparcó el suyo y corrió hacia la puerta. Llamó a la puerta varias veces y luego pulsó el timbre con insistencia.

Girando sobre sus talones, miró a su alrededor mientras esperaba. En la puerta de al lado, una anciana sujetaba el extremo de una correa mientras un viejo sabueso vagaba por el jardín. La mujer frunció el ceño al ver que volvía a insistir con el timbre, y Lucas sonrió. Como no cambiaba la expresión de su cara, él se encogió de hombros y se volvió hacia la puerta aún cerrada. ¿Por qué tardaba tanto? La casa era tan pequeña que no necesitaba más de un minuto para llegar a la puerta desde donde estuviese.

—¡Rose!

No hubo más que silencio, a excepción un siseo por parte de la anciana que Lucas ignoró.

—Rose, sé que estás ahí, ¡contéstame!

—¡No! —el grito provenía del otro lado de la puerta y él sonrió al escuchar aquella voz irritada.

Lucas apoyó las manos a ambos lados de la entrada y dijo:

—Déjame entrar, Rose. Tenemos que hablar.

—No hay nada de qué hablar —respondió ella.

—Según Dave, sí —insistió él.

—Menudo traidor.

—Rose, déjame entrar.

—Vete.

—No pienso hacerlo. Otra vez no. Nunca más.

—Lucas, esto no cambia nada —dijo ella tras un silencio largo y tenso.

—¡Todo ha cambiado y, por todos los demonios, si no me abres tendré que gritártelo a través de esta maldita puerta!

–¡Vigile su lengua, jovencito!

Era la vecina. Pero Lucas no tenía tiempo de preocuparse por quién le estuviese escuchando. Lo único que le importaba era que Rose escuchara todas y cada una de sus palabras.

–Sé que te he hecho daño, y lo siento –había bajado la voz, aunque esperaba que fuese lo suficientemente audible–. Fui un estúpido. Estaba ciego. Creía que necesitaba venganza y en realidad lo único que necesitaba era a ti.

–Lucas…

A juzgar por su voz, Rose estaba cansada. Derrotada. Y a él le afectó mucho haber provocado tanto sufrimiento a una mujer tan maravillosa.

–Rose, dame la oportunidad de demostrarte lo que significas para mí. No volveré a echarlo todo a perder –gritó–. Maldita sea, Rose, te quiero. ¿Me has oído, Rose? Te quiero –se quedó mirando a la puerta que se interponía entre él y la mujer que deseaba ver. Abrazar–. ¡Lo menos que podías hacer es abrir la condenada puerta para que pueda decírtelo a la cara!

–Se lo advierto –dijo la vecina–, ¡voy a llamar a la policía!

–¡Hágalo –gritó Lucas–. ¡Igual pueden abrirme esta puerta!

Enseguida escuchó los cerrojos, la puerta se abrió y Rose salió. Llevaba los vaqueros desvaídos que a él le gustaban tanto y una camiseta con un generoso escote en forma de pico. Se había vuelto a recoger el pelo y tenía los ojos enrojecidos de llanto.

Lucas sintió una punzada en el pecho y juró en

153

silencio que haría todo lo posible para asegurarse de que no volviese a llorar nunca más.

–No pasa nada, señora Klein –le dijo Rose a la vecina–. Gracias de todas formas.

La anciana miró a Lucas y resopló con fuerza. Rose lo miró largamente y luego se metió en la casa.

–Pasa.

Todavía no se había recuperado del impacto de su confesión. Nunca había esperado escucharle decir «te quiero». Bueno, sí que lo había esperado. Pero no había pensado que llegaría a pasar. Cerró la puerta detrás de ambos y al mirarlo vio algo en sus ojos. Algo que le provocó escalofríos. Algo que le dijo que quizá la esperanza no era imposible después de todo.

–Dios, cómo te he echado de menos –dijo Lucas con la voz cargada de emoción.

Rose deseaba acercarse a él por encima de todas las cosas. Quería sentir cómo sus brazos la rodeaban, apoyar la cabeza en su pecho y escuchar los latidos de su corazón. Pero no podía. Al menos, hasta estar segura de que lo que le había dicho era cierto.

–Dave no debía haberte hablado del bebé –dijo ella finalmente.

–Tienes razón –asintió Lucas, y alzó la mano para acariciarle la cara con la punta de los dedos–. Tenías que habérmelo dicho tú.

–Iba a hacerlo –dijo ella–. Necesitaba unos días para asumir la noticia.

–¿Estás molesta? Me refiero a lo del niño.

–No –respondió ella rápidamente–. No lo estoy.

–Me alegro.

–Pero Lucas, esto no implica que tengas que casarte conmigo –le costó decirle aquello. Lo único que deseaba era ser su esposa, que criaran juntos a su hijo. Ser amada por el hombre al que quería con todo su corazón.

–Tienes razón –acortó la distancia entre ambos, le puso las manos sobre los hombros y le dijo en voz baja–: No es que tenga que casarme contigo Rose, es que lo necesito. Y no por el bebé –le dijo con una media sonrisa–, sino porque sin ti no hay nada. Estas dos últimas semanas sin ti han sido las más largas de mi vida. Todos los días tenía que contenerme para no presentarme aquí –admitió–. Me dije que no necesitaba a nadie. Que lo que hubo entre nosotros fue algo temporal. Y me equivocaba. Fui un idiota al alejarme de ti.

–Quiero creerte, Lucas. De veras –sentía como si una mano fría le apretase con fuerza el corazón.

–Pues hazlo –insistió él, rodeándola con los brazos–. Rose, ya te conté algo de mi infancia.

Ella asintió, sin querer hablar o interrumpirle cuando todas las palabras contaban.

–Nunca creí en el amor. Nunca lo experimenté de cerca. Pero cuando llegaste a mi vida, nada volvió a ser igual. Lo cambiaste todo para siempre.

Ella apoyó la frente en el pecho de Lucas y se mordió con fuerza el labio inferior. Estaba diciendo todo lo que deseaba escuchar pero una parte de ella se resistía a dar el paso siguiente, a confiar en lo que le estaba diciendo.

–No quiero que me digas todo esto por el niño –le dijo con los ojos llenos de lágrimas.

–No es así, Rose –insistió Lucas. Le levantó la cabeza y le secó suavemente las lágrimas–. Lo digo por ti. Por lo que eres, por lo que me has dado. Te quiero, Rose Clancy, siempre te querré. Una oleada de amor tan grande que apenas le permitía respirar le atravesó y sólo puso mirarle a través de las lágrimas.

–Quiero a ese niño, Rose –dijo él, inclinándose para besarla en los labios–. Y a todos los que vengan detrás.

–¿A todos? –preguntó ella entre risas.

–Pero no te equivoques. Tú eres mi corazón y mi alma. Eres todo lo que jamás necesitaré. Sin ti no tengo nada. Contigo, tengo el mundo entero.

–Te quiero mucho, Lucas –susurró Rose.

–Gracias a Dios –dijo él con su suspiro–. Me tenías muy preocupado.

–No quiero volver a separarme de ti. Estas dos semanas me he sentido muy sola.

–Entonces cásate conmigo, Rose –volvió a besarle con más fuerza, agitando la pasión que había entre ambos como una promesa–. Ven a vivir conmigo en esa casa grande y vacía. Ayúdame a convertirla en un hogar para ambos.

–Me casaré contigo –dijo ella, rindiéndose a la magia. De algún modo, su mundo había vuelto a enderezarse. Creía en el amor, en Lucas. Y en la vida que iban a construir juntos–. Y te prometo que esa casa no estará vacía por mucho tiempo.

Deseo™

Términos de compromiso
ANN MAJOR

El millonario Quinn Sullivan estaba a punto de conseguir la empresa de su enemigo. Solo tenía que casarse con la hija menor de su rival. Sin embargo, cuando Kira Murray le rogó que no sedujera a su hermana, Quinn se sintió intrigado.

Por fin una mujer que se atrevía a desafiarlo, una mujer que le provocaba sentimientos mucho más intensos que los que albergaba por su prometida. Ahora el magnate tenía un nuevo plan: se olvidaría de la boda… pero solo por un precio que la encantadora Kira debía pagar de buena gana.

Solo bajo sus condiciones

¡YA EN TU PUNTO DE VENTA!

Acepte 2 de nuestras mejores novelas de amor GRATIS

¡Y reciba un regalo sorpresa!

Oferta especial de tiempo limitado

Rellene el cupón y envíelo a

Harlequin Reader Service®
3010 Walden Ave.
P.O. Box 1867
Buffalo, N.Y. 14240-1867

¡Sí! Por favor, envíenme 2 novelas de amor de Harlequin (1 Bianca® y 1 Deseo®) gratis, más el regalo sorpresa. Luego remítanme 4 novelas nuevas todos los meses, las cuales recibiré mucho antes de que aparezcan en librerías, y factúrenme al bajo precio de $3,24 cada una, más $0,25 por envío e impuesto de ventas, si corresponde*. Este es el precio total, y es un ahorro de casi el 20% sobre el precio de portada. !Una oferta excelente! Entiendo que el hecho de aceptar estos libros y el regalo no me obliga en forma alguna a la compra de libros adicionales. Y también que puedo devolver cualquier envío y cancelar en cualquier momento. Aún si decido no comprar ningún otro libro de Harlequin, los 2 libros gratis y el regalo sorpresa son míos para siempre.

416 LBN DU7N

Nombre y apellido	(Por favor, letra de molde)
Dirección	Apartamento No.
Ciudad	Estado	Zona postal

Esta oferta se limita a un pedido por hogar y no está disponible para los subscriptores actuales de Deseo® y Bianca®.
*Los términos y precios quedan sujetos a cambios sin aviso previo.
Impuestos de ventas aplican en N.Y.

SPN-03   ©2003 Harlequin Enterprises Limited

Inocente en el paraíso

KATE CARLISLE

Grace Farrell era una investiga-
dora científica primero, una mujer
en segundo lugar… hasta que
conoció a Logan Sutherland. El
multimillonario hecho a sí mismo
era sencillamente irresistible y,
con él, Grace descubriría algo
que no había experimentado
hasta entonces: qué se sentía al
desear a un hombre.

Logan se había fijado en Grace
desde el momento que llegó a su
isla tropical, pero al descubrir
que estaba allí bajo premisas falsas le ordenó que se marchase.
Y, enfrentado a su obstinada ne-
gativa, el cínico soltero decidió aprovecharla a su favor.
Dejaría que se quedase… en su cama. Pero ¿una sola
noche sería suficiente?

Lo conocía todo salvo el deseo

¡YA EN TU PUNTO DE VENTA!